The devil's bank

il girone dei dannati

- 13 segreti per salvarti -

D1732443

di

Gaetano Vilnò

CONTENUTI

Ringraziamenti   1

1   Introduzione   3

2   Gaetano   7

3   La differenza tra "giusto" e "giustizia"   21

4   Che cos'è la banca   29

5   Gli illeciti bancari   41

6   Le banche rubano "a norma di legge"   61

7   Il cartello della droga   71

8   Le lobby dell'ignoranza   83

9   La cessione dell'anima… o del quinto?   95

10   Il girone dei dannati   105

11   Bloods diamonds   115

12   Angeli e sciacalli   123

13   Le soluzioni   133

RINGRAZIAMENTI

Questo libro lo dedico a mio figlio Alessandro, per l'energia che mi ha dato e per l'amore vero che ha saputo insegnarmi.

Un sentito grazie alla mia compagna, Giuseppina Patrizia Basso, che mi ha reso padre di Alessandro e mi ha insegnato la pazienza...quella che ho io con lei!

Grazie alla mia mamma Angela Falconetti, a mio papà Mario, a mia sorella Preziosa e a Juri, mio nipote, il mio eroe. Grazie al mio grande e unico fratello Michele... Senza la mia famiglia e i loro valori, tutto questo oggi non esisterebbe.

Grazie di cuore a tutto il mio staff Deciba, all'inarrestabile segretario, la Dott.ssa Caterina Lami, mio braccio destro da sempre. Grazie all'avvocato Federico Comba, responsabile legali, per l'impegno profuso. È con una squadra come questa che si possono vincere le più grandi battaglie.

L'ultimo, il più sentito grazie, va…

A te.

Se sei arrivato fin qui è perché sei diverso dagli altri, perché la tua sete di Verità e Giustizia è forte, perché ti sei stancato di farti prendere in giro.

A te, va il mio più sentito grazie.

Senza lettori un libro è un insieme di fogli scritti.

"Nella vita ordinaria noi raramente ci rendiamo conto che riceviamo molto di più di ciò che diamo, e che è solo con la gratitudine che la vita si arricchisce."

(Dietrich Bonhoeffer)

Sei importante!

1.

INTRODUZIONE

Quando parli, stai ripetendo cose che già sai.
Quando ascolti, puoi imparare qualcosa di nuovo.

Quello che hai tra le mani è un libro che probabilmente, per giustizia, sarebbe dovuto nascere tempo fa, ma nessuno si è mai preso la briga di scriverlo.

Per questo motivo arrivo io, sono Gaetano Vilno', e non sono di certo uno scrittore.

Mi occupo di diritto bancario e, di mestiere, difendo le persone dagli illeciti che le banche, molto spesso, commettono sulle loro spalle.

"The devil's bank, il girone dei dannati", è un titolo forte, che vuole attirare la tua attenzione su un argomento troppo spesso dimenticato o addirittura insabbiato dalle istituzioni.

Le banche, tutte le banche, sono il male silente del nostro

tempo, quello di cui il 99% della popolazione mondiale non è a conoscenza.

In queste pagine troverai preziose soluzioni, indicazioni e misteri che nessuno fino ad oggi ha mai osato svelare.

Alcuni clienti mi hanno definito "un mago", ma non faccio nulla di magico, te l'assicuro.

Sono le banche, le presunte "istituzioni" delle quali parleremo più in là, a realizzare magie.

Un giorno hai soldi sul conto corrente, il giorno dopo non ce l'hai, puff!

Se non è magia questa…

Io ho il compito di svelarti come difenderti da certe assurde situazioni, di spiegarti quali magheggi vengono fatti quotidianamente sotto i tuoi occhi, di fornirti una prospettiva diversa da quella che finora ti è stata presentata.

E prima di condurti in quello che sarà un viaggio verso la conoscenza e la rivendicazione dei diritti fondamentali di ogni libero cittadino, credo sia necessario spendere due parole su chi sono, cosa faccio nel dettaglio e come opero.

Metterci la faccia è pericoloso e necessario al tempo stesso: "pericoloso" perché in pochi, prima di me, hanno avuto il coraggio di affrontare certi argomenti con la stessa sincerità e schiettezza, "necessario" perché prima di credere alle mie parole, devi renderti conto di chi sono, quale percorso mi ha spinto a fare il mio lavoro, da dove è nato tutto.Per questo farò una digressione su Deciba, il Dipartimento Europeo di Controllo degli Illeciti Bancari, che io stesso ho fondato, e senza il quale, molti dei risultati raggiunti nella battaglia per la chiarezza e la giustizia, non sarebbero stati possibili.

Ti racconterò quali problemi mi hanno portato ad interessarmi a questo mestiere, qual è la mia missione e quanto posso esserti utile, sia tu un libero professionista, un imprenditore o un lavoratore dipendente.

Mettiti comodo...Si comincia.

2.

GAETANO

Cos'è la conoscenza?
L'essere consapevoli sia di sapere una cosa che di non saperla.
(Confucio)

A volte me lo chiedo anch'io…

Chi è Gaetano?

Un padre, un marito, un comunicatore, un esperto di diritto bancario, un appassionato di arti marziali... Sono tutte queste cose, ma, prima di tutto, sono un uomo con degli ideali. E sono questi ideali che mi hanno portato dove sono ora, che hanno fatto nascere Deciba, che mi hanno fatto interessare alla giustizia e alle persone.

Sono nato a Parma, nell'afoso agosto del 1974.

Ho iniziato a combattere le ingiustizie sin da piccolo: cicciottello e di origini meridionali, ero il bersaglio preferito dei bulli. Venivo additato come "terrone" e preso in giro, finché non ho iniziato a praticare arti marziali. Da quel momento in poi, ho cominciato a difendere gli altri, forse perché dentro di me sentivo di avere questo compito nei confronti delle persone...e non ho mai smesso.

Fino a 27 anni ho svolto la professione di agente finanziario, regolarmente iscritto all'albo e riconosciuto da Banca d'Italia. Il mio lavoro era proporre i contratti migliori ai miei clienti: quello dei miei colleghi (spinti dalla società per la quale lavoravamo) era proporre i contratti che fruttavano migliori provvigioni.

Ho conosciuto così le anomalie: studiando i contratti che offrivo alle persone che mi davano fiducia. Ed ho cominciato ad evidenziare derivati, tassi di interesse molto alti, stranezze che non riuscivo a spiegarmi... ho svolto quel lavoro per 10 anni, fino al 2008. Poi sono andato in conflitto con me stesso!

Ero un plurimandatario, e alcune persone delle società per le quali lavoravo mi obbligavano a fare un certo numero di contratti ogni anno, se volevo continuare a collaborare con loro. Finché una grande società finanziaria che fatturava più di 100 milioni di euro annui, fallì. Cominciai a non ricevere più le provvigioni maturate per il lavoro svolto, i clienti videro i loro soldi sparire letteralmente... Il mio malumore e malcontento nei confronti delle banche si fece sempre più forte. Avevo una domanda fissa in testa: come potevano fallire e rovinare la gente senza dover rispondere di nulla?

Questa domanda fissa, più l'obbligo di vendere prodotti che non aiutavano realmente i miei clienti, mi fecero prendere un'altra strada.

Nel 2010 arrivò l'input effettivo che diede inizio alla mia battaglia contro gli illeciti bancari: ricevetti una comunicazione dalla banca che diceva che avevo emesso un assegno senza avere la relativa copertura.

"Che strano!" pensai, "non ho emesso nessun assegno!" convinto ci fosse un errore, mi precipitai in banca per chiarire la questione e mettere a posto le cose.

In banca trovai un assegno che non era mio, con una firma non mia. Dopo pochissimo, quell'assegno venne protestato. Scoprii in seguito che l'assegno era di una mia vecchia società, ma la firma non era mia.

Ero agitato e arrabbiato: nel mio lavoro, la conseguenza di un protesto era l'annullamento dell'iscrizione all'albo e il non poter più operare nè prendere mandati presso altre società.

All'epoca ero fidanzato con un avvocato, che non era esperta in diritto bancario ma che, dopo le mie pressioni, si era resa disponibile a difendermi in tribunale. Stavo per perdere tutto quello che avevo faticosamente costruito, per un errore non mio...non ci stavo, non potevo starci!

In quel momento mi sentivo come un bruco in mezzo l'autostrada: indifeso e confuso. Non sapevo a chi rivolgermi, sapevo di avere ragione e la legge dalla mia parte, mi trovavo in una situazione difficile senza aver fatto nulla per meritarmela.

In quegli anni, il diritto bancario era qualcosa di strano o orribile. Il luogo comune era "Se lo dice la banca, ci sarà un valido motivo", ogni avvocato che visitavo mi diceva la stessa frase... Qualcuno modificava il ritornello con "non vale la pena andare contro le banche, Signor Vilno"'oppure "trovi un accordo".

Nessuno credeva in me e nella mia causa, tutti davano per certo fossi io dalla parte del torto. Dopo aver costretto la mia fidanzata dell'epoca a difendermi, insieme preparammo l'atto per eliminare quel maledetto e ingiusto protesto. Preparammo un provvedimento d'urgenza, che un giudice respinse dicendo che le mie ragioni non erano valide.

Vivevo in un paradosso. Dovevo e volevo lavorare: per lavorare, secondo Banca d'Italia dovevo essere "onorabile", per essere onorabile dovevo mettermi contro un sistema che non faceva altro che farmi sentire minuscolo ed insignificante, e che commetteva azioni di certo "poco onorabili" nei miei confronti, non avendo io effettivamente emesso quell'assegno nè contratto quel debito.

Facendo un approfondimento scoprii che il giudice che aveva respinto il mio provvedimento era sposato con una funzionaria della banca che stavo querelando. Costrinsi, di nuovo, la mia fidanzata a fare un reclamo. Lei non era d'accordo, si trattava di una mossa azzardata. Con quel reclamo, chiedevo ad altri 3 giudici di valutare il lavoro del giudice che aveva respinto la mia istanza.

Dopo soli 15 giorni arrivò un'ordinanza dove i 3 giudici annullavano la sentenza del primo e ordinavano la cancellazione immediata del protesto, obbligando la banca a pagarmi 23.000 € di danni. In appello ne chiesi (e ottenni) 150.000€!

Questo fu l'inizio di tutto.

Grazie a quella che oggi definisco una "fortunata disavventura" arrivai a comprendere la percezione delle banche nelle persone, e quanto i professionisti fossero scarsi nel campo della difesa contro gli illeciti bancari.

Studiando la mia situazione particolare, cominciai ad interessarmi, ad ampliare gli studi, ad informarmi, ad effettuare maggiori controlli... finchè non mi resi conto di quante fossero, in effetti, le cose che non andavano nei contratti, di qualsiasi tipo.

Misi a disposizione le conoscenze e i contenuti che avevo assimilato, e per più di un anno feci consulenze gratuite per un'associazione che si occupava di diritto bancario. Dopo qualche tempo, scoprii che l'associazione per la quale io lavoravo a titolo gratuito, attraverso i consigli e le consulenze che fornivo, guadagnava migliaia di euro.

Nacque così **Deciba**: un'associazione mia, un dipartimento, un luogo dove il diritto bancario era una spada per tutelare i cittadini italiani ed europei.

Inizialmente il progetto comprendeva il dott. Stefano Montanari come presidente, Luigi Pelazza come presidente onorario e io dovevo essere vicepresidente.

Luigi Pelazza, a quei tempi, aveva fatto reportage importanti a Le Iene, era un personaggio di spicco nella televisione italiana. Cairo Editore e Mediaset si occupavano di queste cose e trasmettevano servizi sull'argomento, cominciava a diventare chiaro a tutti quanto le banche si approfittassero e abusassero del loro potere. Peccato però che l'accordo con Luigi e Stefano non si chiuse.

Iniziai da solo a studiare il marchio, inizialmente a livello italiano e poi europeo... e così nacque Deciba.

Un po' di matematica, un po' di diritto bancario, un po' di economia... Tanti argomenti e discipline, non poteva essere un lavoro solo di avvocati, c'erano calcoli da fare, dati da analizzare, contratti da cercare e visionare.

L'intento era quello di dare la possibilità alle persone di avere un'intera struttura che andasse contro le banche per creare equilibrio tra i poteri (burocratico, economico, logistico...) esattamente come le banche, che sono strutturate in più dipartimenti e settori. Questo perché, di fatto, non era mai esistita un'istituzione che si occupasse esclusivamente di difendere gli utenti.

I primi 3 anni di Deciba lavoravo come manager in una grande società e nel tempo libero mi occupavo dell'associazione, che non era ancora un lavoro vero e proprio. Andando avanti il lavoro si faceva sempre più complesso, sia i legali che i periti che collaboravano con noi, svolgevano le pratiche in maniera approssimativa, era diventato tutto un mero passaggio di soldi.

Non era quello il mio sogno. Volevo unire persone con un'ideale, pensavo ad una cosa diversa.

Nel 2013 ho iniziato a dedicare più tempo a Deciba che al mio lavoro di manager. Cominciammo ad aprire un po' di uffici, il mio socio era un avvocato e il responsabile delle perizie era il genero dell'avvocato.

Nel 2014 l'illecito bancario comincia ad andare di moda, nascono società e associazioni il cui unico scopo era fare business, vendere consulenze.

Nel 2015 ricevetti la telefonata da un grosso gruppo che voleva incorporare Deciba con un importante accordo economico, io e il mio team dovevamo instradare la nuova società e spiegare come affrontavamo ogni singola pratica.

Dopo 2 mesi, mi resi conto che il lavoro non era simile alle mie aspettative, soprattutto in termini di etica, così decisi di interrompere il rapporto di lavoro e bloccare l'accordo. Il mio socio e suo cognato decisero di rimanere con quella società, anche se non era etica.

A quel punto Deciba aveva perso parte del suo staff legale e matematico...era molto indebolita. Mi sono trovato a dover decidere se mollare la mia missione e continuare a fare il mio mestiere, il manager, o ricominciare capo con il progetto che avevo voluto ad ogni costo.

Decisi di ricominciare da capo, con un altro criterio e un altro format, continuando con la strada che sentivo fosse quella giusta, quanto meno per i miei ideali e le mie convinzioni.

Le persone non dovevano fare quel lavoro solo per business, ma anche per moralità. Nonostante questo, l'immaginario comune delle persone era che il professionista del diritto bancario avesse solo l'interesse di prendere mandati.

A livello percettivo le persone non si rendevano conto della differenza di quella società dalla MIA Deciba... ancora una volta, venivo accusato di qualcosa che non avevo fatto.

Il gioco valeva la candela?

La realizzazione del mio sogno valeva lo stress subito?

Ricominciammo da zero.

Preparando e formando periti e avvocati, secondo ideali ed etica, non pensando esclusivamente al Dio Denaro. Se volevo combattere e cambiare le banche, abituate a ragionare solo sulle logiche del profitto, non potevo comportarmi allo stesso modo, nè io nè il mio gruppo. Da quel momento in poi, Deciba è diventata una potenza.

Hanno parlato di noi sulle reti nazionali, importanti giornali economici come il Sole 24 ore, siamo arrivati al parlamento europeo... ed è solo l'inizio.

Deciba, un sogno realizzato.

Deciba è come un'amica della quale ti ho parlato a lungo e che ora sono pronto a presentarti.

Al termine di questo capitolo, probabilmente avrai più chiaro il motivo che smuove me, il mio staff e tutte le persone che si rivolgono a noi, cosa combattiamo, cosa ci sta a cuore e perché lo facciamo.

Il **D**ipartimento **E**uropeo di **C**ontrollo degli **I**lleciti **BA**ncari nasce dall'esigenza, altamente avvertita dai suoi fondatori, di tutelare sotto ogni profilo gli utenti, cittadini e imprenditori, dai più disparati abusi che ogni giorno subiscono da grandi aziende, per definizione "contraenti forti", operativi soprattutto nel settore dell'intermediazione finanziaria.

Le azioni del Dipartimento svolte con la massima forza nei confronti di ogni singolo Istituto vengono portate avanti con determinazione assoluta nella consapevolezza e con il preciso obiettivo di infrangere le barriere di impunità sistemica dietro la quale i poteri forti si trincerano sentendosi al sicuro.

Il Dipartimento va a minare in maniera definitiva le radici di pensieri e comportamenti abituali illeciti di tali poteri, fino ad oggi considerati "forti", sino ad ottenere che essi diventino controparti di pari grandezza.

Nel contempo, il Dipartimento si propone di ristabilire gli equilibri spezzati delle vite di chiunque abbia subito, o stia subendo, illeciti bancari e finanziari, mettendo in grado le vittime di avere in restituzione ciò che è stato loro illecitamente sottratto ed aiutando le stesse a ritrovare fiducia, motivazione ed entusiasmo con la capacità ritrovata di accedere a nuove prospettive e nuovi orizzonti.

L'unione crea una forza indomabile e inarrestabile ed è attraverso l'onda d'urto che ne deriva che il Dipartimento intende piegare Banche, Finanziarie, Società di Leasing,

Assicurazioni, Multinazionali e tutto ciò che possa essere ricondotto al concetto di "Potere Forte".

I soci fondatori del Dipartimento sono professionisti esperti in campo finanziario e assicurativo. Ciò che consente di addivenire alla conoscenza approfondita e stratificata della materia, attraverso un costante lavoro di ricerca. Ed è attraverso la conoscenza che ogni soggetto vessato da poteri forti è in grado di difendersi.

Il Direttivo è composto da Avvocati, esperti bancari, Manager.

Il Dipartimento si propone di raggiungere i propri obiettivi anche aprendo una propria rappresentanza permanente presso l'Unione Europea, nell'ambito della quale aprirà le porte alle analoghe istanze provenienti dai cittadini degli altri Paesi UE e allo stesso tempo interagirà con la Commissione Europea ed il Parlamento al fine di segnalare agli Organi Istituzionali UE gli illeciti sistematicamente commessi dagli intermediari finanziari e le modalità di intervento legislativo al fine di rimuoverli.

Il DIPARTIMENTO EUROPEO di controllo degli ILLECITI BANCARI contrasta i vari abusi bancari che ogni giorno i cittadini subiscono, anche attraverso la condivisione fra professionisti di altissimo profilo.

Deciba era il mio sogno, ed oggi è il sogno di tutti.

Di tutti i clienti che bussano alla nostra porta, fisicamente o virtualmente, di tutte le persone che abbiamo aiutato, di tutti coloro che credono in ciò che stiamo facendo, che condividono il nostro cammino e la nostra missione.

Sono felice di avere con me Caterina Lami, segretario del dipartimento, in continua evoluzione personale e professionale.

Caterina e tutto lo staff nelle varie sedi sono l'anima di Deciba, i collaboratori che cercavo quando ho deciso di cambiare rotta. Professionisti di valore, interessati prima alle persone che al tornaconto economico.

Insieme, abbiamo ridisegnato il dipartimento per fare in modo che fosse più "umano".

Nulla è stato lasciato al caso, partendo dal logo: c'è l'edera, segno di pace, mentre la linea che si intravede sullo sfondo è la matematica e la precisione.

Il mio nuovo obiettivo, oggi, tramite Deciba, è creare un equilibrio tra le banche e i cittadini. Il primo passo per realizzarlo è far prendere coscienza alle persone che le banche si sono sostituite ai politici e ai governi. Non è giusto, non devono avere poteri governativi.

Per questo sto scrivendo, ed è per questo che tu stai leggendo.

Oggi le banche hanno un potere enorme, negli anni, queste vere e proprie aziende (e non "istituzioni", ma ne parleremo più avanti) sono riuscite a rendere la società "bancocratica". Prima di cominciare la lettura, ti sarà utile ribadire con me il concetto di "bancocrazia": questo neologismo, derivante dalla crasi tra "banca" e "potere", è sempre più attuale perché oggi, di fatto, sono le banche a fare politica e dettare legge. Per questo risulta così difficile far valere i propri diritti quando ci si schiera contro di loro.

Questo libro ha vari scopi: quello principale è farti rendere conto che tutti possiamo avere risultati, io, Gaetano, sono Dottore in Comunicazione, non ho mai preso una laurea in campo economico. Tutti possiamo fare tutto, se ci crediamo. Se vuoi agire nel rispetto della legge, sei disposto a studiare e ti appassiona l'argomento, puoi farlo anche tu. Hai solo bisogno di una buona dose di coraggio, perché saranno in molti a remarti contro, una volta intrapresa questa strada.

Il secondo scopo è illuminarti circa la percezione che hai delle banche, nel 90% delle persone è distorta. La banca è una società, che opera in un determinato mercato, non un Dio. Molto spesso viola la legge senza pagarne le conseguenze, sì, ma è proprio questa la battaglia che combattiamo ogni giorno.

Ogni giorno ricevo sentenze che attestano gli errori delle banche, ma questo le persone non lo sanno. Non sono argomenti interessanti per i mass media, chissà perché. Apri gli occhi, adesso: la banca è un'azienda come tante, e come tale deve essere controllata. Non c'è giustificazione perché questo non avvenga.

Il terzo scopo è metterti a conoscenza di certi "professionisti" (o presunti tali) che attraggono gente con pubblicità ingannevoli, non fanno nulla di buono e illudono le persone. È giusto che tu sia informato su questo tipo di sciacalli, e che tu sappia come difenderti, quali sono i campanelli d'allarme, i "segnali" che ti fanno capire se certe persone meritano la tua fiducia e i tuoi soldi.

Voglio fare qualcosa di giusto, che rimanga nel tempo. Per questo lo metto nero su bianco.

Questo libro ti farà cambiare paradigma. Vedrai le stesse cose che vedevi prima di leggerlo, ma con occhi diversi.

Immagina un puntino bianco su uno sfondo nero, cosa significa? Nulla.

Adesso immagina che quel puntino bianco su sfondo nero sia la luna... ora il puntino prende forma e senso. La stessa cosa accadrà con le cose di cui ti occupi quotidianamente. Tanti concetti, idee, informazioni, verranno stravolti.

Questo libro ti restituirà i tuoi diritti, e ti farà conoscere meglio il nostro socio, il massimo interlocutore nella vita: la banca.

Ti mostrerò cosa fare, come fare e quando farlo. Anche se ora pensi che non appartenga alla tua vita, presto ti renderai conto di quanto questo è reale.

Da una stima che ho fatto personalmente, se ogni italiano applicasse le indicazioni contenute in questo libro, il PIL del nostro Stato aumenterebbe del 2%, l'intera economia italiana verrebbe stravolta. Ecco perché faccio la mia parte, scrivendo.

Ora fai la tua, leggendo!

3.
LA DIFFERENZA TRA "GIUSTO" E "GIUSTIZIA"

È sempre il momento giusto per fare quello che è giusto.
(Martin Luther King)

Vorrei, per prima cosa, come vero incipit di questo libro, ridefinire con te due concetti fondamentali, nella vita e nel percorso alla ricerca del vero che stiamo intraprendendo insieme.

Il primo è quello del "giusto", il secondo è quello di "giustizia". Possono sembrarti sinonimi, ma non sempre lo sono. Perlomeno in questo mondo, al giorno d'oggi.

Cito uno dei dizionari più autorevoli e famosi della lingua italiana: «**Giusto**, è ciò che è conforme ad un diritto naturale o positivo.»

«**Giustizia**, il potere di realizzare il diritto con

provvedimenti aventi forza esecutiva e l'esercizio di questo potere e il sistema che ne consente la realizzazione.»

Come potrai notare, ciò che è giusto è governato da un diritto naturale o positivo, la giustizia è, invece, strettamente collegata ad un potere che ne consente la realizzazione.

In parole povere, il "giusto" non è viziato da convenzioni, decise da chissà chi, chissà quando. La "giustizia" fa riferimento ad un sistema. Senza regole e convenzioni sociopolitiche, saremmo "animali sociali", citando Aristotele, ma la storia ci insegna che è strettamente necessario fare riferimento a delle norme, quantomeno nella vita con gli altri.

Ogni giorno, senza rendercene conto, rispettiamo molte regole, che disciplinano i nostri comportamenti. Attraversare sulle strisce pedonali anziché in mezzo alla strada, è una norma che deriva da una convenzione prestabilita del codice stradale, e come tutte le norme e le regole, serve per tutelarci, per tutelare la nostra salute e per instaurare una convivenza pacifica con gli altri.

La Costituzione italiana è una serie di norme, regole e doveri, intervallati da diritti. Diritti fondamentali.

Immagina per un attimo di trovarti su un'isola deserta, di non essere italiano, e di aver come una cosa da leggere, la costituzione italiana. Usare l'immaginazione è utilissimo, possiamo arrivare a quello che non conosciamo, partorire nuove idee, aprire la mente verso un mondo da esplorare. Immagina, allora, aiutandoti con dettagli sempre più vividi, di essere sull'isola che ti dicevo, con un libro gigantesco: la costituzione.

Questo libro parla di un Paese antico, storico, che ha delle fondamenta solide. Iniziando a leggere qua e là, ti accorgerai che la costituzione italiana non è solo una lunga lista di regole. È piena di diritti, fondamentali per la vita di ogni italiano: lavoro, libertà di informazione, libertà di circolazione, il diritto di avere una casa, il diritto di avere sanità pubblica e legge uguale per tutti. Tu, lettore distratto, cosa penseresti? Di sicuro che l'Italia è il Paese delle meraviglie. E lo sarebbe, se la Costituzione fosse rispettata in ogni suo singolo articolo.

La Costituzione italiana è giusta. Ed è compito della giustizia, farla rispettare.

Giusto è qualcosa che è in equilibrio con quello che ti sta attorno: con la natura, con le persone, con te stesso... il giusto è un po' come una bilancia.

La giustizia è fatta di regole, protocolli, processi, e se non tiene conto del benessere delle persone, diventa qualcosa di perverso.

La Costituzione stabilisce che detto tutto, bisogna sempre comportarsi come un buon padre di famiglia. Il giusto è comportarsi come un buon padre di famiglia, la giustizia deve attenersi a questo, e deve sempre tener conto di questo.

Qual è il problema della giustizia italiana? Semplicemente che non si conosce. Le persone non conoscono i propri diritti, la legge, le sentenze a favore del cittadino, non conoscono la Costituzione. E forse questa giustizia così lenta, che ci mette mesi o anni a notificare una sentenza, è proprio voluta dalla politica, non è a caso. È un modo come un altro per alimentare la dittatura, per far sì che le persone non rivendichino (perché non ne conoscono la possibilità) i diritti che troppo spesso vengono violati. Se tu non sai di avere la Costituzione (e quindi la legge) dalla tua parte, una volta subìto un abuso, non pensi neanche di aver bisogno di uno specialista (che può essere un avvocato, un perito o un professionista del diritto bancario) che ti aiuti a tutelarti. Ti arrendi all'ignoranza, subisci e cerchi soluzioni autonome che ti consentano di vivere dignitosamente.

Per questo voglio ricordarti che testo meraviglioso è la nostra Costituzione, invidiato da molti paesi, europei e non, perché tocca tutti i diritti fondamentali dell'essere umano.

All'origine delle norme costituzionali, c'è la reazione al fascismo (quindi il concetto fondamentale di tutela di tutte le libertà) e le "grandi voci lontane" di Cesare Beccaria e Giuseppe Mazzini, fonti eminenti di un'epoca antecedente di quasi cento anni la stesura di quel magnifico scritto.

La Costituzione andrebbe studiata con maggiore cura nelle scuole, per formare gli adulti di domani, la famosa ora settimanale (a volte mensile) di educazione civica, dovrebbe illustrare proprio questo. Più in là parleremo delle lobby dell'ignoranza, perché esistono dei gruppi di persone che traggono beneficio dall'avere un popolo ignorante, chi sono e come possiamo combattere, come singoli, tutto questo.

Io faccio la mia parte cominciando dalle banche, che non sono dei mostri brutti, sporchi e cattivi, le banche sono aziende, composte da persone, che fanno gli interessi di chi è più grande di loro. Non posso e non voglio lasciare a mio figlio un mondo in cui l'Italia è di nuovo una dittatura, anche se è quella la direzione che stiamo prendendo.

Non essere sorpreso di questo termine, ricorda che quando le persone non si fanno avanti reclamando i propri diritti, la definizione corretta di governo è proprio "dittatura".

Uno dei maggiori problemi da risolvere, per prima cosa, è la situazione in cui versano i tribunali italiani, costantemente pieni. Per la mia esperienza lavorativa, non credo che i giudici siano particolarmente corrotti, anzi conosco molti professionisti che svolgono bene il loro lavoro, ma sono oberati di pratiche, e anche loro cercano di fare il loro meglio passando nei meandri delle lungaggini burocratiche tipiche della giustizia "all'italiana".

Uno dei primi cambiamenti che dovrebbe attuare una buona politica, sarebbe quello di trovare una soluzione semplice per rendere l'iter giuridico più fluido, assumendo più pm e giudici. Un po' come quello che accade nei nostri ospedali, se ci pensi bene: vai in pronto soccorso per una gamba rotta e ti fanno aspettare anche 16 ore per sistemartela. Basterebbe assumere più medici e personale infermieristico, che a livello economico non è cosa da poco, ne convengo con te, ma una buona politica dovrebbe occuparsi principalmente e soprattutto di questo. Invece vengono continuamente calpestati i diritti sanciti dalla Costituzione, le persone continuano a non conoscerla e l'intero Paese non funziona.

Te ne parlo perché una delle mie passioni, oltre le arti marziali, è stata proprio la lettura e lo studio della Costituzione, che mi ha consentito di svolgere al meglio la mia professione e di portare risultati incredibili con Deciba.

L'Italia avrebbe tutte le carte in regola per essere un Paese perfetto: nella biodiversità, nelle incredibili bellezze delle città italiane piene di arte, storia e cultura, nelle normative e nella legge.

Ricordi di quando ti trovavi sull'isola, a leggere la Costituzione? Immagina quanto ne saresti rimasto folgorato, e quanto avresti voluto trovarti in Italia, anziché sulla tua isola tropicale.

La tua percezione della realtà italiana sarebbe profondamente cambiata. E che differenza c'è, tra l'Italia descritta nella carta fondamentale del diritto italiano e l'Italia che tutti stiamo vivendo nel ventunesimo secolo? La giustizia. L'attuazione delle normative. L'applicazione delle leggi.

Stiamo per fare un passo importante, io e te, in questo libro, amico/a mio/a.

Sorvolando l'ignoranza, prendendo coscienza e conoscenza di quelli che apparentemente sembrano segreti e trucchi da mago, ma che sono, molto più semplicemente, le indicazioni dei padri costituenti del nostro Paese.

E nessuna banca può commettere abusi e illeciti pensando di farla franca, bypassando le normative. Non potranno mai farlo, se ci uniamo e lottiamo per far rispettare la Costituzione.

Il mio percorso professionale non viene da studi particolari di settore o scuole economiche blasonate. Sono una persona che ha subìto e si è ribellata, che ha cercato di difendersi. Ed è quello che vorrei facessi anche tu, leggendo questo libro e le indicazioni in esso contenute, parlandone con la tua famiglia e i tuoi amici, condividendo le giuste informazioni, che possono cambiare la tua vita e quella di chi ti sta attorno, così come è cambiata la mia.

La differenza tra "giusto" e "giustizia", ora, dovrebbe esserti un po' più chiara: sei nel giusto in qualunque momento tu stia difendendo certi diritti inalienabili dell'uomo e del cittadino italiano, ed è un tuo dovere cercare giustizia, nelle opportune sedi, con tutta la forza che hai.

Qualche tempo fa, a Roma, su un muro, ho letto una scritta che mi ha colpito molto, e che voglio condividere con te:

"Ci vogliono ignoranti perché la cultura ci rende critici, e la critica ci rende liberi".

Se applicherai i consigli contenuti in questo libro, implicitamente, ti riapproprierai della tua libertà. E in fondo, è proprio quello il mio scopo.

4.
CHE COS'È UNA BANCA?

La banca è un posto che ti presta i soldi,
se puoi dimostrare che non ne hai bisogno.
(Bob Hope)

La banca è una azienda privata, che in origine (parliamo di secoli fa) si occupava di raccogliere dal pubblico i depositi di denaro e di utilizzarli, per conto dei depositanti, per finanziare altre attività commerciali.

Gli orafi, la banca di ieri

La nascita della banca è una storia tutta italiana, ambientata nelle ricche città del centro-nord agli inizi dell'epoca rinascimentale. A quel tempo, almeno sotto il profilo dello sviluppo economico e sociale, l'Europa era dominata da due regioni: le Fiandre ed il Nord-Italia, entrambe con fiorenti manifatture e connesse l'una all'altra da una fitta rete di relazioni commerciali. Le merci attraversano le Alpi nei due sensi oppure viaggiano via mare. Erano trasporti lunghi, difficili e non privi di rischi. Anche lo stesso trasporto dell'oro, il corrispettivo con cui venivano scambiate le merci, non era né semplice né sicuro.

L'oro era l'unica forma di moneta, l'unico mezzo di scambio del tempo. Si presentava in vari conii, uno per ogni città-stato. Il valore di ogni moneta, fosse un ducato di Venezia o un fiorino di Firenze, era rigidamente proporzionale al contenuto di oro presente in essa. Oltre alle manifatture per le esportazioni ed ai commerci, un'altra attività era piuttosto fiorente nelle città italiane: l'oreficeria. Gli orefici, oltre ad essere molto ricchi, disponevano anche di robusti forzieri e robusti guardiani per cui, agli occhi degli altri mercanti, dovevano sembrare le persone giuste a cui affidare in custodia l'oro che serviva per il commercio.

Dobbiamo allora immaginare che ad un certo punto, da qualche parte in Toscana oppure a Genova, un orefice abbia iniziato ad offrire un servizio di deposito, ovvero la prima funzione che caratterizza una banca moderna. Il depositante si recava presso il negozio dell'orefice con il gruzzolo e l'orefice rilasciava una ricevuta che poi sarebbe stata usata in futuro: non tanto per ottenere la restituzione dello stesso gruzzolo consegnato ma, più semplicemente, per ottenere una quantità d'oro equivalente a quella consegnata, magari al netto di un piccolo compenso per il servizio di custodia offerto. La ricevuta si chiamava "nota di banco" perché era solitamente firmata sul banco dell'orefice.

La nascita della figura dell'orefice/custode rappresenta il primo passo nella direzione della nascita della banca.

Un secondo passo fu compiuto con l'invenzione di qualcosa di molto simile al moderno assegno. Accadde quando un mercante italiano propose ad un collega fiammingo di ricevere in pagamento non una certa quantità di oro, ma la "girata" di una nota di banco che attesta il deposito della stessa quantità presso un orefice/custode.

La girata delle note di banco facilitò di molto gli scambi commerciali e si rivelò subito un successo. Non occorreva più andare in giro per l'Europa con borse piene d'oro attaccate alla cintola. L'oro rimaneva al sicuro nei forzieri degli orefici/custodi. Al posto dell'oro cominciarono a circolare le note di banco che, per ovvie ragioni, risultavano più facili da trasportare e meno appetibili per i rapinatori.

Prima di continuare la nostra storia, conviene tuttavia soffermarsi sulla figura degli orefici-custodi: non possiamo infatti considerarli una forma embrionale di banca. Essi ricevevano in deposito il denaro ma non svolgevano ancora le altre due funzioni caratteristiche della banca: il prestito di denaro e la creazione di moneta.

L'innovazione rappresentata dalla circolazione delle note di banco in sostituzione dell'oro era resa possibile solo dall'affidabilità degli orafi, dalla loro ricchezza e dalla fama dei loro robusti forzieri. Cosa accadde poi? Un custodeorefice maturò prima degli altri l'idea di ricavare profitto dal prestare ad altri l'oro accumulato non suo. A lui va il merito di essere il primo "proto-banchiere".

Immagina, dunque, che un mercante bisognoso di credito si sia rivolto a questo proto-banchiere per avere oro in prestito e questi, invece di consegnargli materialmente il gruzzolo, gli abbia consegnato una nota di banco in cui riconosceva al titolare una certa quantità di oro. D'altra parte, per il mercante, la nota di banco era del tutto equivalente al gruzzolo, se poteva poi essere usata negli scambi proprio come se fosse oro.

L'operazione appena descritta rende l'orafo/custode un proto-banchiere, perché sorgono contemporaneamente le altre due funzioni tipiche della banca, la concessione di prestiti e la creazione di moneta. Infatti, attraverso l'emissione di note di banco in eccesso rispetto all'oro posseduto nei forzieri, non solo venivano concessi dei prestiti ma creava moneta proprio nell'accezione degli economisti che considerano moneta tutto ciò che viene accettato negli scambi.

Le proto-banche creavano dunque moneta emettendo più note rispetto all'oro posseduto e aumentando, di conseguenza, l'ammontare complessivo dei mezzi di pagamento. E qui cominciano le prime perplessità circa il lavoro delle "banche": avendo gli orafi-banchieri firmato più note di banco rispetto all'oro posseduto, non si erano incamminati verso un sicuro dissesto finanziario? La risposta a questa domanda è negativa dal momento che essi sottoscrivevano le note solo a fronte di prestiti, aumentando di conseguenza anche i loro crediti. Il rischio a cui invece si sottoponevano razionalmente, era il rischio di non avere "liquidi".

L'illiquidità non è sinonimo di insolvenza, ovvero di incapacità di onorare i propri debiti. L'illiquidità può sorgere anche quando il bilancio è sano ma si hanno debiti che i creditori possono esigere immediatamente e crediti che non sono invece immediatamente esigibili.

E tale era appunto la situazione degli orafi/banchieri: avevano concesso dei prestiti a termine, ma i loro debiti erano immediatamente esigibili dato che non potevano rifiutarsi di consegnare immediatamente l'oro qualora un portatore di una nota si fosse presentato al banco. Ma, come sottolineato, gli orafi-banchieri si sottoponevano "razionalmente" al rischio di illiquidità nel senso che, tutto sommato, si trattava di un rischio calcolato. In fondo, tutto quello che bisognava fare era evitare che troppi titolari di note si presentassero al banco lo stesso giorno per reclamare la restituzione del proprio oro.

Le banche moderne sono diverse dall'orafo banchiere per molti aspetti, ma le tre funzioni di base rimangono le stesse. L'oro è stato sostituito dalle banconote della Banca Centrale Europea, mentre le note di banco sono state sostituite da assegni, carte di credito ed altri strumenti di pagamento.

La banca di oggi

Con il termine banca, oggi, s'intende un'impresa autorizzata a svolgere quella che è indicata come "attività bancaria". L'attività bancaria è definita dall'articolo 10 del Testo Unico Bancario come "la raccolta di risparmio tra il pubblico e l'esercizio del credito".

La funzione prevalente delle banche è fare da intermediari tra chi ha una disponibilità di denaro sotto forma di risparmi e chi domanda credito. Proprio in virtù di questo ruolo, l'attività bancaria è soggetta a precisi limiti normativi e gli istituti di credito sono soggetti a un'attenta attività di supervisione e sorveglianza.

Nel corso del tempo, si sono sviluppati diversi modelli di banca, distinti a seconda delle funzioni svolte e del tipo di pubblico a cui si rivolgevano. Attualmente in Italia operano banche che operano secondo il modello "misto".

Questo modello, nato alla fine del 19° secolo, permette agli istituti bancari di assolvere a tante diverse funzioni: oltre alla raccolta del risparmio e all'erogazione del credito, tra le altre cose, le banche miste effettuano operazioni sul mercato monetario e dei titoli per conto proprio o della propria clientela, offrono un servizio di consulenza finanziaria a privati e imprese, custodiscono cassette di sicurezza e rilasciano garanzie o impegni di firma.

Nuovi poteri, nuove responsabilità

Come puoi facilmente immaginare, le banche sono partite

con un ottimo proposito, utile alla società e alla sicurezza, ma col passare degli anni hanno assunto caratteri completamente diversi dallo scopo per il quale sono nate. Le banche, oggi, hanno acquisito poteri governativi, dettano il tasso medio degli interessi, regolano il mercato e fanno, come si suol dire, "il bello e cattivo tempo".

Sai come si calcola un tasso medio di mercato? Le banche forniscono al ministero del tesoro, la media dell'andamento dei tassi di mercato, secondo il loro noto.

Ed è esattamente in questo modo che dettano l'economia del nostro Paese. Non c'è nessun criterio governativo che regoli la veridicità dei dati forniti né che calcoli in maniera autonoma questa media, che quindi può essere "viziata" in base alle necessità dell'Istituto che fornisce il dato.

Un altro fatto importante: **la banca non è un'istituzione.**

È una società privata, un'impresa, che gioca sulla nomenclatura "istituto di credito" per arrogarsi diritti che in realtà non ha. Le banche non sono istituzionali, sono società commerciali, che vendono servizi e ci lucrano su. Nulla di male fino a qui, se le consideriamo per quello che sono, non per la percezione che governo/informazione/credenza popolare danno loro.

Come società private, incentivano la disuguaglianza, possono decidere se erogarti denaro o meno, possono etichettarti come cattivo pagatore, e tutto questo senza la presenza di un giudice ad emettere sentenza! Si tratta di un abuso di potere che non compete un'impresa privata ma un tribunale.

Un altro illecito commesso, chi è imprenditore o partita iva lo sa bene, riguarda l'apertura di un conto corrente: lo Stato italiano, nel momento in cui un singolo decide di aprire un'attività imprenditoriale, oppure per l'accredito di uno stipendio da lavoratore dipendente o di una pensione, prevede l'obbligo di un conto corrente.

Peccato però che le banche abbiano il diritto di decidere sul tuo futuro, e possano legalmente negare questa richiesta. Parliamo di una violazione non solo dei diritti costituzionali, ma anche di quelli umani, uno scempio e una presa "per i fondelli" che nessuno dovrebbe mai accettare. Oltre ad essere un provvedimento che viola il diritto di libera scelta!

Hai mai sentito qualcuno ribellarsi per questa violazione? Ovviamente no, perché l'immaginario popolare ci fa vedere la banca come l'istituzione contro la quale l'individuo non può fare nulla, se non ringraziare per l'attenzione concessa.

Su questo aspetto, il Paese è rimasto agli anni '50, quando nei paesini di provincia il potere era concentrato nelle mani del prete, del maresciallo dei carabinieri e del direttore della banca, grande figura mitologica a cui fare la riverenza.

Il mio lavoro con Deciba vuole dimostrare a tutta l'Italia che contro la banca si può vincere, come in qualsiasi contenzioso contro una società privata. Non è una ribellione nei confronti dello Stato, perché di statale non ha nulla, la stessa Banca d'Italia, così attraente nel nome, è tutto fuorché italiana e pubblica.

È fondamentale "smontare" questi preconcetti che sono nella mente della maggior parte delle persone, ma è difficoltoso, perché gli organi di informazione, i media stampa, tv e sul web, non ne parlano.

Prova ad immaginare perché... Ci sei arrivato?

Gli sponsor più importanti del 95% degli organi di informazione italiana sono proprio le banche, le quali, ricapitolando, controllano il mercato e l'economia, l'informazione e influenzano il normale svolgimento della quotidianità dell'individuo, arrivando ad impedire l'erogazione di un diritto fondamentale come quello del lavoro.

Forse adesso capisci meglio il significato del termine "bancocrazia" che ho utilizzato qualche pagina fa. E visto che siamo nel vivo del discorso, sono pronto a svelarti alcuni dei maggiori illeciti bancari commessi ai danni delle piccole medie imprese e degli individui.

Prima di andare a fondo alla questione, ci tenevo a condividere con te una comunicazione che con il consiglio direttivo di Deciba abbiamo deciso di inviare alla Corte costituzionale, riguarda l'obbligo del conto corrente e l'abolizione del denaro contante. Purtroppo, non abbiamo mai ricevuto risposta. Ma non ci siamo abbattuti, anzi!

Dopo la trasmissione Repotr,
la CONSOB di Vegas e la BANCA d'ITALIA
finiscono davanti alla <u>Commissione del Parlamento Europeo</u>
per iniziativa di DECIBA

L'Associazione D.E.C.I.BA (Dipartimento Europeo Controllo Illeciti Bancari), ha presentato una petizione alla Commissione del Parlamento Europeo, per chiedere alle istituzioni comunitarie un intervento forte e deciso contro la CONSOB e la BANCA d'ITALIA, che con le loro azioni ed omissioni non hanno tutelato i risparmiatori italiani, che hanno visto svanire 2 miliardi di euro investiti in titoli "spazzatura" emessi da banche che detengono le quote azionarie di Banca d'Italia (un conflitto di interessi più evidente è difficilmente immaginabile).

Sono circa 130mila i risparmiatori "ingannati" dai prospetti informativi, da cui la CONSOB aveva fato togliere l'unica informazione che avrebbe potuto avvisarli sul grave rischio che correvano.

Per il Presidente DECIBA, Dr. Gaetano Vilnò: *"Per gli italiani i danni economici generati dal sistema bancario sono peggiori della somma delle calamità naturali che hanno colpito il Paese negli ultimi decenni; ma a differenza di terremoti ed alluvioni non solo erano evitabili ma sono stati voluti e pianificati. Visto che in Italia chi deve intervenire è colluso o fa finta di non vedere, DECIBA si è rivolta direttamente alla Commissione del Parlamento Europeo, perché è indispensabile ed urgente che le istituzioni UE intervengano in modo deciso per fermare l'attuale il far-west finanziario, che vede le banche italiane agire impunemente a danno dei risparmiatori indifesi."*

E' possibile sostenere la petizione presentata da DECIBA accedendo all'area "petizioni" sul sito del Parlamento Europeo (https://petiport.secure.europarl.europa.eu/petitions/it/main).

Con la presente petizione i sottoscritti firmatari, tutti aderenti l'Associazione D.E.C.I.BA (dipartimento europeo controllo illeciti bancari), con sede in Italia, 43121 Parma, Via Barilla n. 21, richiedono l'apertura di un'indagine da parte delle istituzioni comunitarie in merito a:

1) conflitto di interesse esistente tra le Banche Italiane e l'attività di vigilanza e controllo che sulle stesse dovrebbe essere effettuato dalla Banca d'Italia S.p.a.:

2) responsabilità di CONSOB (Commissione Nazionale per le Società e la Borsa), per i danni subiti dai risparmiatori a seguito della revoca della decisione di inserire nei prospetti informativi dei prodotti finanziari volti a raccogliere il pubblico risparmio, degli "Scenari probabilistici di rischio".

Con riferimento al punto 1)

Nella Repubblica Italiana, sono stati affidati a Banca d'Italia S.p.a. compiti di vigilanza e controllo sull'attività delle banche e degli intermediari finanziari, sovraintendendo al rispetto della legislazione in materia (D.Lgs n. 385 del 1° settembre 1993, meglio noto come TUB "Testo Unico Bancario"), con il potere di emanare norme per la tutela dei clienti nei loro rapporti con gli intermediari bancari e finanziari.

Banca d'Italia Spa e una società per azioni, che al 30 aprile 2016 annovera tra i propri soci n. 101 banche e compagnie di assicurazione (tutti soggetti che dovrebbero essere vigilati dalla stessa Banca d'Italia Spa); tra cui spiccano le partecipazioni di Unicredit S.p.a e Intesa San Paolo S.p.a. per un totale pari a circa il 42 % dell'intero capitale sociale.

Da quanto appena esposto emerge un lampante conflitto d'interesse; infatti, appare paradossale che il soggetto proposto in Italia al controllo ed alla vigilanza (con poteri sanzionatori) delle banche e degli operatori finanziari, sia composto esclusivamente dai soggetti che dovrebbe controllare e vigilare; circostanza che potrebbe pregiudicare l'imparzialità che la stessa Banca d'Italia è chiamata a garantire.

Rilevato che è la Banca d'Italia a stabilire trimestralmente il "tasso d'usura" (tasso oltre il quale gli interessi richiesti da banche ed intermediari finanziari sono da considerarsi usurai), e che detta determinazione avviene assumendo informazioni direttamene dalle banche, appare evidente che le banche (tutte socie di Banca d'Italia Spa), determinano di fatto il tasso d'usura che verrà indicato da Banca d'Italia Spa.

In conclusione, oltre a rimarcare ulteriormente il carattere di torbidità che avvolge quanto sin ora riportato (conflitto di interesse in primis), desideriamo rivolgere un vibrante appello a chi di competenza perché siano avviati i controlli di rito riguardanti le modalità di determinazione dei tassi d'interesse e dei tassi soglia usura, auspicando un netto intervento chiarificatore volto ad escludere le banche medesime dal processo di definizione del predetto "tasso d'usura".

Con riferimento al punto 2)

Nella Repubblica Italiana la CONSOB è chiamata, tra l'altro, a svolgere le seguenti attività:

- regolamentare la prestazione dei servizi e delle attività di investimento da parte degli intermediari, gli obblighi informativi delle società quotate nei mercati regolamentati e le operazioni di appello al pubblico risparmio;
- autorizzare i prospetti relativi ad offerte pubbliche di vendita e i documenti d'offerta concernenti offerte pubbliche di acquisto, l'esercizio dei mercati regolamentati, le iscrizioni agli Albi delle imprese di investimento;
- vigilare sulle società di gestione dei mercati e sulla trasparenza e l'ordinato svolgimento delle negoziazioni nonché sulla trasparenza e la correttezza dei comportamenti degli intermediari e dei promotori finanziari;

Con comunicazione CONSOB , fine di tutelare i risparmiatori e renderli coscienti della rischiosità dei loro investimenti (oltre allo scopo di allinearsi alle riflessioni in corso presso i competenti organi comunitari), stabiliva che: *"... per illustrare il profilo di rischio di strutture complesse, è utile che l'intermediario produca al cliente anche le risultanze di analisi di scenario di rendimenti da condursi mediate simulazioni effettuate secondo metodologie oggettive (ossia rispettose del principio di neutralità al rischio)"*. (pag. 7, paragrafo 1.5, comunicazione CONSOB n. 9019104 del 2 marzo 2009). (all. 1)

La stessa CONSOB, con nota informativa n. 11038690 del 3 maggio 2011, disponeva la disapplicazione della disposizione che prevedeva la comunicazione ai risparmiatori degli "scenari probabilistici di rischio", facendo venir meno la possibilità di comprendere i rischi connessi agli investimenti finanziari proposti dalle banche. (all. 2)

Agendo come sopra, migliaia di risparmiatori italiani sono stati indotti ad acquistare titoli (prevalentemente obbligazioni), destinati a non essere rimborsati, emesse da banche in grave difficoltà economia.

I danni subiti dai risparmiatori italiani che hanno sottoscritto titoli di debito emessi da banche, i cui prospetti informativi non contenevano l'indicazione degli "scenari probabilistici di rischio" (stante il divieto CONSOB di inserire tale dato), ammontano a diversi miliardi di euro.

SI CHIEDE

Che la Commissione per le petizioni del Parlamento Europeo attivi i competenti organi delle istituzioni europee, affinché:

1) venga verificato e sanzionato, il conflitto d'interessi che vede la Banca d'Italia Spa composta interamente da soci che al contempo sono destinatari delle verifiche che la predetta Banca d'Italia dovrebbe operare;

2) venga verificato, sanzionato, il comportamento di CONSOB che ha revocato l'obbligo di inserire nei prospetti informativi destinati ai risparmiatori degli "scenari probabilistici di rischio".

Si allegano i seguenti documenti:

1) comunicazione CONSOB n. 9019104 del 2 marzo 2009;

2) nota informativa CONSOB n. 11038690 del 3 maggio 2011.

Per eventuali comunicazioni si fornisce il seguente recapito:

D.E.C.I.BA – Italia, Parma (43121), Via Barilla n. 21

Tel: 0521-241417

Mail: deciba@libero.it   deciba@legalmail.it

5.
GLI ILLECITI BANCARI

*Il controllo privato del credito è
la forma moderna della schiavitù.*

Gli illeciti bancari sono di diverso tipo, livello, viralità e vi sono diversi tipi di difficoltà per scoprirli. Possono essere giuridici, matematici, sistematici e di "cartello" (come quello del tasso Euribor, del quale parleremo in seguito).

Si possono rilevare nei conti correnti, nei prestiti, nelle fidejussioni e in tutto ciò che è il mondo finanziario. Come sempre, ci sono persone che fanno cose buone e cose cattive.

Non tutte le banche sono uguali, non tutte le banche sono buone e non tutte le banche sono cattive, credere questo sarebbe uno generalizzare da stupidi, le banche sono aziende e le aziende sono fatte dalle persone, a loro volta buone, cattive, oneste o disoneste.

In questo capitolo andremo a spiegare molte delle tipologie di illecito che vengono commesse di frequente dalle maggiori banche che operano in Italia, per una maggiore comprensione del testo li ho suddivisi per tipologia.

Il mondo degli illeciti è un mondo segreto, sommerso, non puoi rilevarli "a occhio nudo", quasi nessuno te ne parla. Esattamente come quando hai un tumore, nei casi più gravi noti qualcosa di strano e ti fai qualche domanda, nella stragrande maggioranza dei casi ne sei vittima e non te ne accorgi nemmeno. Perché la percezione dell'illecito non esiste, e nei casi più frequenti le banche rubano importi di poco conto, come la goccia che cade sul masso e scava la roccia…quando te ne accorgi, ormai, ha lasciato un solco incancellabile.

Gli illeciti "sistematici"

Uno dei tipi più frequenti di illecito: le banche rubano un po' alla volta, per 20-30 anni senza che nessuno se ne accorga.

Come fanno? Tramite la matematica e accordi assolutamente assurdi. Ad esempio, il tasso floor, il cosiddetto "tasso pavimento", un giochino illegale ed illecito, che fa guadagnare alle banche miliardi di euro. O nel caso dell'indeterminatezza, in cui nel tasso di interesse non vengono menzionate le tasse istruttorie, o altre tasse aggiuntive. Questi scherzetti permettono alle banche di far girare tantissimi soldi, indisturbate perché quasi nessuno ne è a conoscenza.

La legge italiana stabilisce che se il tasso di un finanziamento non è determinato, la banca deve pagare gli interessi.

Abbiamo poi l'usura, che è un reato perseguibile con la reclusione. Attraverso un conteggio matematico, sancito nella legge 108 del 1996, c'è una soglia di usura, se la banca lo supera si comporta come uno strozzino:

"Chiunque si fa dare o promettere, sotto qualsiasi forma, per sé o per altri, in corrispettivo di una prestazione di denaro o di altra utilità', interessi o altri vantaggi usurari, è punito con la reclusione da uno a sei anni e con la multa da lire sei milioni a lire trenta milioni. Alla stessa pena soggiace chi, fuori del caso di concorso nel delitto previsto dal primo comma procura a taluno una somma di denaro od altra utilità facendo dare o promettere, a sé o ad altri, per la mediazione, un compenso usurario. La legge stabilisce il limite oltre il quale gli interessi sono sempre usurari. Sono altresì usurari gli interessi, anche se inferiori a tale limite, e gli altri vantaggi o compensi che, avuto riguardo alle concrete modalità del fatto e al tasso medio praticato per operazioni similari, risultano comunque sproporzionati rispetto alla prestazione di denaro o di altra utilità', ovvero all'opera di mediazione, quando chi li ha dati o promessi si trova in condizioni di difficoltà' economica o finanziaria. Per la determinazione del tasso di interesse usurario si tiene conto delle commissioni, remunerazioni a qualsiasi titolo e delle spese, escluse quelle per imposte e tasse, collegate alla erogazione del credito."

E ancora, leggendo il Codice civile, troviamo l'articolo 1815, sempre sull'argomento:

"Salvo diversa volontà delle parti, il mutuatario deve corrispondere gli interessi al mutuante. Per la determinazione degli interessi si osservano le disposizioni dell'articolo 1284. Se sono convenuti interessi usurari la clausola è nulla e non sono dovuti interessi."

Come fanno, allora, le banche a commettere illeciti? Compiendo "magie" nell'applicazione di tali regole, aggirando la legge attraverso cavilli e dettagli, lavorando di fantasia e confondendo le persone.

Pensiamo al tasso di mora, il costo maggiorato che si applica a una rata non pagata nel rispetto di termini temporali stabiliti. Questo tasso viene applicato in seguito al mancato pagamento di 2-3 rate, e di solito corrisponde al 5% della rata non corrisposta.

Parlando di mutui, magari lunghi 20-30 anni, può succedere di ritardare dei pagamenti, magari a seguito di un momento di difficoltà. La banca invece di aiutarti come un padre di famiglia, magari venendoti incontro e proponendoti soluzioni che facilitino il rientrare del tuo debito, ti punisce. Pensandoci bene, è una cosa perversa: se non riesco a pagare la mia rata, perché dovrei riuscire pagare la mora?

La giurisprudenza oggi è divisa sul tema: la legge recita che ai fini del calcolo dell'usura, vanno inseriti tutti i costi sostenuti, ma non è ancora chiaro se gli interessi di mora sono compresi o no nel conteggio. In questo momento ci sono due Corti di Cassazione (ossia il più alto grado di giudizio nell'ordinamento giudiziario italiano) che dicono due cose diverse: una ribadisce che la mora deve essere inserita ai fini del calcolo dell'usura, e l'altra la fa rientrare nelle spese escluse dal calcolo.

La questione è pericolosa: se decidiamo che è legittimo non tener conto della mora ai fini dell'usura, è chiaro che una parte della giurisprudenza abbia brutte intenzioni e sia compromessa.

Di fatto, con una decisione del genere, stai consentendo alla banca di far pagare il 30% di interesse a fine mese, un tasso assolutamente inaccettabile, da strozzinaggio, appunto.

Attualmente, finché non viene chiarita la questione, ci sono banche che non inseriscono il tasso di mora nei contratti e questo crea un conflitto matematico e un problema sociale gigantesco.

L'indeterminatezza

Parlando di un altro grande illecito commesso dalle banche, è bene ricordare l'indeterminatezza.

L'indeterminatezza delle clausole di definizione degli interessi nei contratti bancari è una delle questioni più controverse e discusse nell'ambito del diritto bancario: parliamo di clausole suscettibili di divergenze interpretative e applicative, a causa di formule finanziarie poco chiare e non ben determinate. In questo caso, l'orientamento della giurisprudenza in materia è ben chiaro: gli addebiti generici effettuati dagli istituti di credito sono nulli per indeterminatezza o indeterminabilità del loro oggetto.

Come massimato dalla Cassazione n.12276/2010, le

condizioni contrattuali devono prevedere "un contenuto assolutamente univoco, contenente la puntuale specificazione del tasso di interesse" e ancora: "ciò che importa, onde ritenere sussistente il requisito della determinabilità dell'oggetto del contratto di cui all'art. 1346 Codice civile, è che il tasso di interesse sia desumibile dal contratto, senza alcun margine di incertezza o di discrezionalità."

All'interno di moltissimi contratti di mutuo, troviamo l'indeterminatezza nella stesura del contratto, ad esempio: in Italia, paese facente parte dell'Unione Europea e dell'accordo euro, ci sono milioni di contratti in valuta svizzera o estera, poco comprensibili per la totalità delle persone.

Il motivo per il quale la banca vende questi mutui, inserendo derivati e la valuta estera, è che molto spesso questi debiti vengono poi venduti all'estero, sulla pelle delle persone.

Se nel tuo mutuo c'è valuta estera e non hai chiarezza nella stesura del tasso variabile, ci sono dei parametri di riferimento che possono evitare di farti prendere in giro: la normativa stabilisce che il cliente deve avere chiaro ciò che va a pagare, altrimenti il contratto è nullo.

Questo ovviamente, pur essendo un problema diffuso, non è un argomento che troverai sui libri o in tv o nelle riviste di settore. Molte banche fottono la gente e si arricchiscono grazie all'ignoranza.

Un altro illecito assurdo, che ti ho già accennato, è l'obbligo tutto italiano di avere un conto corrente, mentre la banca non ha l'obbligo di aprirtelo. Questo paradosso allucinante fa sì che vengano violati, tutti insieme, parecchi dei diritti dell'uomo.

Adesso prova a ricordare quante volte hai sentito qualcuno in televisione sollevare questo problema... già.

Nessuno ha interesse a combattere le banche, le banche sono amiche dei ricchi e dei potenti, ma non sono amiche delle persone comuni. Se hai problemi con la banca vieni visto come uno sfigato, c'è una sorta di omertà, nel migliore dei casi vieni allontanato, molte delle vittime delle banche non si difendono perché hanno paura.

Come un tumore che si espande in continuazione, la banca comincia ad applicarti dei tassi sempre più alti, che poi diventano altissimi e alla fine, quando non riesci più a pagare, ti tramortisce.

La decisione del tasso medio del denaro e la sua distribuzione, quella comunicata al ministero, è assolutamente faziosa ed arbitraria, ma nessuno se ne è mai lamentato, nessuno ha mai sollevato la questione. L'indeterminatezza può avvenire anche su un contratto di finanziamento.

Immagina di richiedere un finanziamento e che la banca, da contratto, ti chieda il 5%. Una cosa che avviene molto di rado è che il contraente si metta a leggere tutti i costi aggiuntivi del finanziamento, oltre il tasso. Se lo facesse, e cominciasse ad addizionare tutti i costi e le spese accessorie, nel 90% dei casi scoprirebbe di pagare oltre il 6%, a causa di tantissimi costi ingiustamente addebitati.

L'articolo **117** del Testo Unico Bancario è chiarissimo sull'argomento:

1. I contratti sono redatti per iscritto e un esemplare è consegnato ai clienti.

2. Il CICR può prevedere che, per motivate ragioni tecniche, particolari contratti possano essere stipulati in altra forma.

3. Nel caso di inosservanza della forma prescritta il contratto è nullo.

4. I contratti indicano il tasso d'interesse e ogni altro prezzo e condizione praticati, inclusi, per i contratti di credito, gli eventuali maggiori oneri in caso di mora.

...

6. Sono nulle e si considerano non apposte le clausole contrattuali di rinvio agli usi per la determinazione dei tassi di interesse e di ogni altro prezzo e condizione praticati nonché quelle che prevedono tassi, prezzi e condizioni più sfavorevoli per i clienti di quelli pubblicizzati.

7. In caso di inosservanza del comma 4 e nelle ipotesi di nullità indicate nel comma 6, si applicano:

1.   a) il tasso nominale minimo e quello massimo, rispettivamente per le operazioni attive e per quelle passive, dei buoni ordinari del tesoro annuali o di altri titoli similari eventualmente indicati dal Ministro dell'economia e delle finanze, emessi nei dodici mesi precedenti la conclusione del contratto o, se più favorevoli per il cliente, emessi nei dodici mesi precedenti lo svolgimento dell'operazione.

2.   b) gli altri prezzi e condizioni pubblicizzati per le corrispondenti categorie di operazioni e servizi al momento della conclusione del contratto o, se più favorevoli per il cliente, al momento in cui l'operazione è effettuata o il servizio viene reso; in mancanza di pubblicità nulla è dovuto.

8. La Banca d'Italia può prescrivere che determinati contratti, individuati attraverso una particolare denominazione o sulla base di specifici criteri qualificativi, abbiano un contenuto tipico determinato. I contratti difformi sono nulli. Resta ferma la responsabilità della banca o dell'intermediario finanziario per la violazione delle prescrizioni della Banca d'Italia.

Qualora si verificasse il caso che abbiamo ipotizzato, quindi, il finanziamento in atto, per legge, passerebbe al tasso Euribor, il tasso di riferimento calcolato giornalmente, che indica il tasso di interesse medio delle transazioni finanziarie in euro tra le principali banche europee.

L'articolo del Testo Unico Bancario, se lo leggi bene, ti tutela anche dai tassi d'interesse con moneta estera, in quel caso il tuo mutuo diventa "indeterminato" perché incomprensibile.

Ti spiego queste cose, perché credo sia ormai necessario non essere più alla mercè delle banche. In un momento buio ed oscuro come il periodo del lockdown e del post lockdown italiano, la banca decide se darti credito, se aiutarti a sopravvivere o se farti morire.

Tutto questo non è legale! Non è legale che la BCE (Banca Centrale Europea) decida di non erogare denaro, non è legale inoltrare aiuti insufficienti che affossano ancora di più il nostro Paese.

Questa è una distorsione della realtà!

Se sei una persona che si informa e che legge i giornali, sicuramente ti sarai reso conto dei due mondi paralleli nei quali viviamo: quello politico e quello della stampa. Il mondo politico è staccato dalla realtà: in molti fanno promesse, usano soldi pubblici per l'acquisto di armi, aerei, mezzi di trasporto inutili e sostengono spese di milioni...Il mondo della politica è un pianeta di cioccolata, meraviglioso ed invitante, dove i politici decidono e fanno tutto da soli, senza che nessuno dica nulla. Creano decreti, aprono e chiudono il Paese come fosse la porta della cucina di casa loro, vigilano sulla sicurezza mal interpretando il parere di esperti e luminari...hanno una percezione distorta di quella che è la realtà.

Poi c'è il mondo dei giornali e della stampa: in questo mondo, i giornali scrivono per dare un'informazione (in teoria) nella pratica, se vai a cercare le cose davvero utili, la sostanza, ti rendi conto che "hanno detto tutto e non hanno detto nulla." Anzi, molti giornali quando hanno informazioni davvero utili e di valore, non pubblicano nemmeno la storia che sono riusciti a portare alla luce.

Oltre questi due mondi, ci sono le persone normali che faticano ad arrivare a fine mese, e gli imprenditori. Il divario enorme tra le persone e la politica, le persone e l'informazione, le persone e la banca, non fa che crescere, aumentando in maniera proporzionale il malessere nel popolo italiano. La banca è Dio e viene vista come tale, intoccabile, sacra, divina, al di sopra della legge.

La banca, in realtà, è una società commerciale che deve adempiere al suo dovere. Come società e come codice abi, la banca ha degli obblighi, deve fornire servizi, facilitare ed agevolare la vita degli individui. Eppure, in silenzio, senza che nessuno se ne accorga, "ci fa le scarpe" tutti i giorni.

Sapevi che Banca Intesa e Unicredit sono di proprietà di paesi dall'altra parte del mondo? Molti sono americani e arabi, che hanno come unico scopo il lucro. Questa informazione è facilmente verificabile, ti invito a cercare online le quote societarie delle più grandi banche italiane, verificherai da te che non ti sto dicendo bugie.

I maggiori gruppi bancari italiani sono di proprietà di fondi esteri, di persone che sfuggono la fama perché troppo impegnate a premeditare il nuovo modo di incastrare gli individui. Questo significa anche che la banca cresce, senza pagare le conseguenze delle proprie azioni.

In questi ultimi 8 anni, io e il mio team abbiamo visto personalmente banche che hanno rubato miliardi di euro facendo 30mila vittime economiche... ma chi è andato in galera? Chi ha pagato per le ingiustizie subite? Uno degli enti preposti al controllo è la "Consob"... che conta come il due di picche se stai giocando a briscola.

...E Bankitalia

E poi abbiamo "Banca d'Italia", che con questo nome

altisonante ci fa pensare ad un'istituzione governativa, ad un ente statale, a qualcosa di verificabile e verificato, ufficiale...

E invece no, Banca d'Italia, di fatto, è "Bankitalia" Spa, una società per azioni.

Stranamente, la Banca d'Italia è una società per azioni che appartiene a banche italiane (o quantomeno, dal nome italiano) e, in misura minore, a compagnie d'assicurazione. E sorprendentemente, l'elenco dei suoi azionisti è stato riservato per molti anni.

Un vecchio dossier di Ricerche & Studi di Mediobanca, diretta da Fulvio Coltorti, ha svelato quasi tutti i proprietari della Banca d'Italia, che furono pubblicati nel 2004 sul numero di gennaio di Famiglia Cristiana.

Spulciando i bilanci di banche, assicurazioni eccetera, il ricercatore annotò le quote che segnalavano una partecipazione nel capitale della Banca d'Italia, e ricostruì gran parte dell'azionariato della nostra massima istituzione finanziaria. Nel 2005, improvvisamente, l'elenco degli azionisti venne reso pubblico.

L'elenco parziale, aggiornato a luglio 2020, con le rispettive percentuali, è questo:
-*Intesa Sanpaolo S.p.A. 20,09%*
-*UniCredit S.p.A. 10,81%*
-*Generali Italia S.p.A. 3,67%*
-*Banca Carige S.p.A. 3,50%*
-*INPS 3,00%*
-*INAIL 3,00%*
-*Cassa Nazionale di Previdenza e Assistenza Forense 3,00%*

-Cassa Nazionale di Previdenza ed Assistenza per gli Ingegneri ed Architetti Liberi Professionisti – INARCASSA 3,00%
-Ente Nazionale di Previdenza ed Assistenza dei Medici e degli Odontoiatri - Fondazione ENPAM 3,00%
-Cassa Nazionale Previdenza Assistenza Dottori Commercialisti - CNPADC 3,00%
-Banca Nazionale del Lavoro S.p.A. 2,83%
-Crédit Agricole Cariparma S.p.A. 2,69%
-Banca Monte dei Paschi di Siena S.p.A. 2,50%
-Ente Nazionale di Previdenza per gli Addetti e gli Impiegati in Agricoltura – Fondazione E.N.P.A.I.A. 2,15%
-Fondazione CARIPLO 2,00%
-UnipolSai Assicurazioni S.p.A. 2,00%
-Cassa di Risparmio di Biella e Vercelli S.p.A. 2,00%

L'elenco completo è disponibile al link

https://www.bancaditalia.it/chi-siamo/funzioni-governance/partecipanti-capitale/Partecipanti.pdf

Continuando con le stranezze, sapevi che le tre posizioni principali all'interno di Banca d'Italia sono decise dalla politica?

E ancora, non ti suona un po' strano che l'organo di controllo delle banche che operano nel nostro Paese sia compartecipato (o meglio, di proprietà, visto che hanno la maggioranza) dalle banche stesse?

Nessuno ne parla, e l'informazione passa "in sordina" perché ormai è una truffa "legalizzata", una consuetudine, una cosa così scontata da sembrare normale. Come quando si commettono azioni illegali di massa: se a commettere il reato sono centinaia, migliaia di persone, il reato diventa consuetudine, anche se non è illegale. Se ti sembra irreale, prova a pensare ai contenuti dei vari dpcm emanati dal premier Conte da marzo 2020 e ti renderai conto che ho ragione.

Epidemia colposa, delitti colposi contro la salute pubblica, abuso d'ufficio e attentato contro i diritti politici del cittadino per le norme legate al lockdown, sono solo alcune delle accuse sollevate contro il Governo che ha chiuso l'Italia per più di 70 giorni. Eppure, nessuno ne parla, continuiamo tutti ad indossare la mascherina anche dove non necessaria, e Qualcuno continua a farci il lavaggio del cervello circa il nostro stato di salute generale.

Personalmente, ho visto un gruppo di persone anziane fare yoga alle terme con la mascherina indossata. Un paio di loro è finito in ospedale dopo uno svenimento. Non fa notizia la cosa, perché ormai è consuetudine, ci siamo abituati a commettere un reato contro la Costituzione e il buon senso, nessuno si scandalizza più.

Questo accade anche perché non conosciamo i nostri diritti, e siamo così abituati a subire che ci sembra tutto normale. Per questo ti ribadisco l'importanza della cultura, della conoscenza, dello studio.

Un esempio banale

Un altro esempio che posso farti sul tema viene da una famosa società che fornisce energia elettrica.

Qualche anno fa, mi sono visto recapitare un'assurda bolletta di 6000€, un conguaglio dopo due anni. Ho contestato la bolletta, chiedendo la documentazione che dimostrasse che ero debitore di quella cifra, mi sono appellato ad una cosa semplicissima!

Se devo pagare, devo capire perché devo pagare, specialmente una bolletta così salata, no? Per un anno e tre mesi ho rischiato che mi staccassero la corrente, ogni giorno. Ormai il bersaglio era puntato contro di me.

Ho semplicemente chiesto: visto che non ritengo di dover pagare, posso visionare il contratto che ho firmato? dopo 3 mesi mi fanno sapere che il contratto si trova online. Peccato che io non avessi mai firmato nulla in via telematica. Dopodichè ricevo una pec (posta elettronica certificata) ad un indirizzo e-mail che non era pec. Peccato che una pec per essere valida debba essere spedita ad un'altra pec.

Andiamo avanti per mesi con la diatriba, io che richiedo il contratto da me firmato in originale, la società che procrastina o accampa scuse per non inviarmelo. Questo perché, ovviamente, il contratto non era valido.

Le grandi società (come quella in questione) mettono in piedi questi sistemi illegali per erogare servizi e chiudere contratti con il solo fine di risparmiare tempo e renderti da subito loro cliente. Anche qui, però, andiamo incontro ad un tipo di indeterminatezza, leggermente diversa rispetto a quando parliamo di prodotti finanziari ed economici, ma pur sempre un'indeterminatezza.

Se io non ho il contratto che ho firmato in originale, e la società con la quale l'ho stipulato idem, il contratto perde di validità, è nullo. Quest'evento che mi ha fatto perdere un sacco di tempo nella sua risoluzione mi è successo in casa. I miei avvocati mi sconsigliavano di muovermi in un certo modo, di pagare e magari cambiare gestore, ma io non ci stavo. Non tanto per i soldi, quanto per la giustizia. Sì, fare la cosa giusta è sempre stato l'obiettivo principale della mia vita, sin da piccolissimo.

Non potevo accettare di dargliela vinta, cominciai a difendermi da solo. Arrivai ad interpellare il difensore civico regionale, che con mestizia negli occhi mi disse:" Hai ragione, ma non posso fare nulla per aiutarti." Sono andato avanti, da solo, fino alla fine, ed ho vinto.

Se c'è un desiderio che sto esprimendo quotidianamente da quando ho cominciato la stesura di questo libro, è che tu, lettore/lettrice, possa diventare, grazie ad esso, più consapevole e coraggioso/a nella difesa dei tuoi diritti.

Le banche, le case farmaceutiche, le multinazionali e certe grandi aziende che non si comportano eticamente, hanno il coltello dalla parte del manico, lo so.

Noi insieme abbiamo il gravoso impegno di combatterle. Perché ogni singolo venga trattato con maggior rispetto dei diritti umani, sociali, civili e della Costituzione.

Sai cos'è un mutuo di scopo?

Il mutuo di scopo è una particolare tipologia di mutuo

che, a differenza di altre forme di finanziamento, prevede che il mutuatario destini la somma ottenuta a titolo di mutuo ad una specifica finalità (scopo del mutuo).

La funzione del mutuo di scopo è quella di procurare al soggetto finanziato, le somme necessarie al conseguimento di una specifica finalità. L'obbligo che il debitore assume nei confronti del finanziatore va quindi oltre la semplice restituzione del capitale con l'aggiunta degli interessi, esso prevede infatti l'ulteriore obbligazione di destinare quanto ricevuto al raggiungimento del fine indicato nel contratto.

Le finalità di questo mutuo possono essere molteplici: comprare una casa o un'automobile, avere liquidità, fare una ristrutturazione... insomma, lo scopo è personale.

Ci sono milioni di italiani, ogni giorno, in difficoltà con questo tipo di mutuo, che magari fanno saltare qualche rata o la pagano l'ultimo giorno, proprio per il rotto della cuffia.

Sai cosa fa la banca, la tua grande amica? Nel 99% dei casi, ti chiama e cerca di consolarti: ti dice che sa che hai dei problemi, che ti capisce e ti è vicina... e siccome è tua amica, ti fa contrarre un altro debito, che sommi il tuo debito e ti dia un altro po' di liquidità.

Un consiglio fondamentale che mi sento di darti in questa situazione è chiedere un piano di rientro quando ti senti in difficoltà.

Scrivi una raccomandata con ricevuta di ritorno con la tua richiesta, aggiungendo che da parte tua c'è l'assoluta volontà di pagare una data cifra, che puoi indicare tu. Questo è l'unico modo per salvarti, rientrare del debito e onorare l'accordo preso. Perché se ascolti la banca, la banca amica che ti promette sempre più soldi, vai a creare un debito su di un debito!

La banca amica, ti addebita di nuovo le spese accessorie, assicurative, i tassi di mora e tutto ciò che può aggiungere dal primo finanziamento, che tu stavi già pagando. In pratica, ti prende i soldi, molti di più di quanti tu dovresti restituire, per risolvere un problema della banca, non tuo.

Ricordi qualche riga fa, quando abbiamo parlato del mutuo di scopo? Lo scopo del mutuo, del finanziamento, deve essere tuo, non della banca.

La legge parla chiaro: lo scopo di un prestito deve essere personale, non può essere contratto per coprire altri debiti già esistenti con la banca. Se la ragione del secondo mutuo è questa, lo scopo del secondo mutuo diventa della banca, ed avrai diritto alla restituzione dei soldi versati.

La legge italiana ti vieta di contrarre debiti per ripagare la banca!

Il tasso floor

Nei contratti di mutuo a tasso variabile, gli interessi dovuti dal mutuatario sono calcolati sommando il tasso Euribor e un valore percentuale, il cosiddetto spread. Nel corso degli ultimi anni, però, qualcosa sembra essere cambiato. Gli istituti di credito hanno fatto ricorso a clausole che prevedono un limite percentuale al di sotto del quale gli interessi dovuti dal mutuatario non possono scendere, le cosiddette clausole "floor".

Queste clausole, introdotte solo per i contratti di mutuo a tasso variabile, sono state inserite dalle banche solo negli ultimi anni, per cautelarsi e arginare il calo dei tassi con valori dell'Euribor sotto lo zero. Quindi, prima di chiedere un mutuo meglio informarsi per sapere se la banca ha intenzione di inserire questa clausola, perché le differenze potrebbero essere sostanziali. In poche parole, infatti, il consumatore non potrà mai beneficiare a pieno di un calo dei tassi d'interesse, poiché si impegna a pagare interessi almeno pari a questo limite fissato nella clausola floor.

Tale clausola presenta una funzione garantistica e di salvaguardia per l'istituto di credito, in quanto garantisce che gli interessi siano almeno pari al valore percentuale individuato dalla clausola stessa, anche laddove il parametro, in genere variabile e parametrato in base all'Euribor, fosse inferiore al valore del tasso assunto dalla clausola floor.

Ti faccio un esempio:

Ipotizziamo tu decida di prendere un mutuo con tasso variabile, stabilito dallo spread, che varia quindi in base al mercato. Il tasso "pavimento" (ad esempio del 3%) vuol dire che se il mercato va sotto il 3%, tu paghi comunque il 3%, perché la banca si tutela nell'eventualità che lo spread scenda troppo.

È una cosa assurda, illegale ed illogica!

Fare un mutuo con tasso variabile è molto simile allo

scommettere. Puoi "perdere" o vincere, ma in questo caso la banca vince sempre, perché facendoti firmare la clausola floor il tuo tasso può salire ma mai scendere entro un certo livello.

Questa clausola viene inserita molto più spesso di quanto si possa pensare, solo che in pochissimi leggono l'intero contratto di mutuo, riga per riga. E di certo pochi funzionari di banca si prendono la briga di spiegare questa clausola.

La sottomissione psicologica nei confronti della banca è tale che se dopo mille scartoffie e verifiche, il mutuo viene concesso, il richiedente ringrazia, come Fantozzi, con molta umiltà per l'aiuto ricevuto. Mica si va a leggere cosa c'è scritto. Pensa al problema immediato risolto, non va a riflettere su cosa gli riserva il futuro, dal momento che ha firmato quel contratto.

6.
LE BANCHE RUBANO
"A NORMA DI LEGGE"

"La spada è un'arma stanca,
scanna meglio la banca."

"Le banche rubano a norma di legge!"

Ho sentito questa frase decine di volte, detta da persone diverse. Non è vero che le banche rubano a norma di legge, si può denunciare, si può combattere, si possono rivendicare i propri diritti.

Pensare di essere all'interno di un sistema dove si debbono subire torti mentre si è inermi "perché funziona così", "perché nessuno attacca la banca", "perché sono tanto più grandi e forti di te", è qualcosa di molto simile all'inferno, per me. Non che io sia un Robin Hood coraggioso, o un supereroe. Semplicemente, tengo molto ai miei diritti. E anche ai tuoi, per questo sulla difesa delle persone ci ho basato il mio lavoro ormai da decenni.

La legge, la costituzione, le normative, sono dalla parte del cittadino. Il problema più grande è che il cittadino non lo sa! Uno dei casi più lampanti di questa ignoranza è l'anatocismo.

Anatocismo sul conto corrente

Anatocismo (dal greco ἀνατοκισμός anatokismós, composto di ανα- «sopra, di nuovo» e τοκισμός «usura») nel linguaggio bancario è la produzione di interessi (capitalizzazione) da altri interessi scaduti e non pagati, su un determinato capitale. Nella prassi bancaria, tali interessi vengono definiti "composti".

Il fenomeno dell'anatocismo bancario è quella pratica, in uso fino a pochi anni or sono presso quasi tutte le banche italiane, secondo cui gli interessi a debito del correntista venivano liquidati (sul conto) con frequenza trimestrale, mentre gli interessi a credito dello stesso erano liquidati con cadenza annuale.

Ciò provocava un disallineamento nella maturazione degli interessi a debito ed il conseguente fenomeno dell'anatocismo, perché venivano calcolati interessi su interessi, secondo le modalità sopra descritte.

Il divieto dell'anatocismo (bancario e non) è sempre esistito nell' ordinamento giuridico italiano in virtù dell'art. 1283 del Codice civile.

Ciò nonostante, le Banche agivano legittimamente

quando applicavano la metodologia di calcolo degli interessi sopra descritta, perché tale comportamento era stato ampiamente avallato dalla giurisprudenza, almeno fino al momento in cui è iniziato tutto il processo di revisione interpretativa delle norme riguardanti l'anatocismo, che ha portato dopo molti anni alla famosa sentenza della Corte di Cassazione del 4 novembre 2004, n. 21095.

Prima di questa sentenza, c'è stato comunque l'art. 25 del Decreto Legislativo n. 342/1999, comma 2, che, introducendo un nuovo comma all'art. 120 del D. Lgs. n. 385/1993 (Testo Unico Bancario), ha previsto la possibilità di stabilire, tramite un'apposita delibera del CICR (Comitato Interministeriale per il Credito e Risparmio), le modalità ed i criteri di produzione degli interessi sugli interessi, maturati nell'esercizio dell'attività bancaria, purché fosse rispettata la stessa periodicità nel conteggio sia dei saldi passivi, sia di quelli attivi.

Il sigillo ufficiale al suddetto nuovo corso in tema di calcolo degli interessi bancari è stato poi apposto dalla sentenza del CICR emanata il 9 febbraio 2000, la quale ha definitivamente fissato il momento di decorrenza dell'obbligo, a carico delle Banche, di riconoscere ai correntisti pari periodicità nella liquidazione degli interessi.

Nel decreto n. 342/1999 il legislatore stabiliva allo stesso tempo, con norma transitoria, una vera e propria sanatoria per il pregresso, facendo salve le clausole di capitalizzazione trimestrale contenute nei contratti conclusi prima dell'entrata in vigore della nuova disciplina.

La norma transitoria è stata però dichiarata illegittima per violazione dell'articolo 77 della Costituzione, dalla Corte costituzionale con sentenza del 17 ottobre 2000 n. 425.

Il processo di revisione al momento si può considerare concluso con la già citata sentenza del 4 novembre 2004 n. 21095, delle Sezioni Unite della Corte di Cassazione, nella quale in sostanza si afferma l'illegittimità, anche per il passato, degli addebiti bancari per anatocismo.

In sostanza, la Corte afferma che le clausole di capitalizzazione trimestrale degli interessi debitori precedenti al 1999 non sono mai state rispondenti ad uno uso normativo ma bensì negoziale e quindi in contrasto con il principio contenuto nell'art. 1283.

L'uso normativo consiste infatti, come riportato nella sentenza, nella "*ripetizione generale, uniforme, costante e pubblica di un determinato comportamento, accompagnato dalla convinzione che si tratta di comportamento giuridicamente obbligatorio, in quanto conforme a una norma che già esiste o che si ritiene debba far parte dell'ordinamento giuridico*".

In altre parole, le clausole anatocistiche sono state accettate non perché gli utenti fossero convinti della loro rispondenza a principi dell'ordinamento giuridico, ma piuttosto perché costretti ad accettarle per poter accedere ai servizi bancari.

Questo atteggiamento psicologico è quindi ben lontano da quella spontanea accettazione che contraddistingue invece la consuetudine come istituto giuridico.

Molti dei miei clienti hanno avuto a che fare con l'anatocismo. Per una maggiore comprensione, al di là delle definizioni tecniche, ritengo necessario fare qualche esempio:

Diciamo che hai un conto corrente e richiedi alla banca 10.000€, di cui tu pagherai il 10% di interessi, per un totale, quindi, di 11.000€. In un momento di difficoltà, in cui fatichi a pagare le tue rate, la banca ti manda una nuova proposta: vogliono concederti 20.000€ di prestito, di modo che tu possa essere in grado di saldare il precedente debito di 11.000€, e in più avrai 9.000€ per altre tue spese.

Bellissimo, vero? Meno male che l'amica banca è sempre pronta a venirti incontro!

In realtà, la banca sta semplicemente raddoppiando il suo guadagno: se prima monetizzava grazie agli interessi del primo prestito, proponendoti il secondo, anzichè regalarti "un attimo di respiro" (espressione largamente usata dai commerciali bancari) ti sta applicando un ulteriore tasso di interesse sugli interessi già maturati.

Questa pratica, oltre ad essere oltraggiosa ed illegale, è meschina, perché fa leva sulla buona fede e sulla disperazione delle persone che, in un momento storico complicato, fatica ad onorare i propri debiti.

Ti racconto la storia di Anna, cliente di Deciba:

Anna è venuta da noi in preda alla disperazione, aveva richiesto un prestito che non era più riuscita a pagare, rischiava di perdere la sua azienda. Dopo una prima consulenza, con il mio team ci siamo resi conto che all'interno del suo conto corrente vi erano manovre di anatocismo, non tutte visibili ad occhio nudo. Per questo, dopo la consulenza, abbiamo fatto un controllo matematico con un software di proprietà, capace di scovare anomalie particolarmente complicate.

Anna non aveva la cultura di controllare se la banca avesse fatto azioni illegittime sul suo conto corrente, si limitava a pagare ciò che la banca le diceva. Si era già rivolta al suo commercialista e al suo avvocato, e nessuno di loro era stato in grado di scovare certe anomalie, chiarissime per il nostro software.

In più, Anna si fidava ciecamente della sua banca: il direttore la salutava sempre con gentilezza e le offriva il caffè, la faceva sentire importante e privilegiata. Poi sono arrivato io, che le ho ricordato che la banca non è l'amica, la vicina di casa, la persona su cui riporre la propria fiducia e dormire sonni tranquilli.

La banca, semplicemente, è un'azienda con la quale collabori. Perdipiù, al giorno d'oggi, molte banche si avvalgono della collaborazione di dipendenti poco professionali, che quando sentono parlare di anatocismo pensano ad un farmaco o a una malattia sconosciuta.

Anna ci chiede di analizzare la sua azienda, perché la banca voleva farle fare un accordo, dato che era in rosso e in debito di 200.000€.

Si era rivolta a noi semplicemente per poter trattare un accordo migliore, pensava ad un saldo e stralcio ma la banca gliel'aveva negato. Una volta analizzati tutti i documenti, fatta l'analisi preliminare ed utilizzato il nostro software, rinveniamo parecchie cose da rivalutare: indeterminatezza sui mutui, investimenti poco chiari in cui le avevano fatto perdere un sacco di soldi e altre piccole anomalie che non giustificavano un debito di tale portata. Finché non finimmo l'analisi del conto corrente, che era lunghissima e dettagliata. Lì ci rendemmo conto che la banca doveva ad Anna circa 882.000€.

Anna era incredula, ma accettò di inviare la nostra perizia alla banca, che rispose di essere disposta ad annullare il debito.

Anna però aveva raggiunto una certa consapevolezza, si era resa conto che la banca non era così tanto "sua amica", aveva cominciato ad informarsi su passaggi e meccanismi, a farsi una cultura in merito...e decise di andare avanti con la causa, non accettando la risposta della banca. Prima di andare in causa, la banca aggiunse 140.000 a chiusura senza andare in causa, e Anna decise di fermare l'iter. In fondo, il debito per il quale si dannava non esisteva più, e anzi aveva qualche soldino in più per far ripartire la sua azienda.

Se fosse andata avanti, probabilmente avrebbe ripreso tutti i soldi persi ma per lei, passare a essere sottozero a guadagnare 140.000€ era già abbastanza.

"Risolvere" i suoi problemi con la banca le aveva dato un

senso di benessere e sollievo, aveva ricominciato a dormire, svolgere meglio il suo lavoro, vivere…

Ci vuole una certa tenacia per andare avanti, che non è da tutti. Affrontare i tribunali, fare la guerra alle banche, rivendicare i propri diritti sono azioni faticose, soprattutto dal punto di vista psicologico. E anche di fronte ad una vittoria, si prova vergogna.

A differenza degli altri mercati, nel nostro campo è impossibile inserire testimonial o parlare di esperienze, se non omettendo dati sensibili, come ho appena fatto con Anna.

Nessuno vuole dare testimonianza dei problemi che ha avuto con la banca, neanche in caso di vittoria clamorosa. Si prova felicità, certo, e magari anche sollievo, ma non è una cosa per cui vantarsi. Dobbiamo ancora lavorare tanto sulla percezione dell'infallibilità della banca.

Le banche possono sbagliare, per mille motivi, e non tutti sono riconducibili a una gestione in malafede. Demonizzare la banca è sbagliato tanto quanto santificarla.

Quello che sto cercando di comunicarti, con più esempi, è che la banca è una semplice azienda di servizi, e come tale, può comportarsi in maniera etica o meno.

La banca non è lo Stato, anche se può sembrare un'istituzione. Per fortuna, per dimostrare questo e per dare maggiore valore al lavoro che svolgiamo, ci sono le sentenze, quelle non ingannano e non mentono mai!

E neanch'io mento: sono qui per raccontarti la verità nuda

e cruda, quella che ti hanno sempre nascosto, per farti sviluppare un senso critico tutto tuo e per abbattere certe barriere che ostacolano il regolare svolgimento della tua vita in una comunità.

Sono qui che ti racconto in maniera completamente sincera e senza filtri ciò che può accaderti e ciò che è già accaduti a milioni di persone. Le anomalie bancarie, ogni anno, coinvolgono più della metà dei contratti, di verso tipo, che vengono firmati. Non ti propongo la rivoluzione, ma ti invito ad aprire gli occhi.

Nei prossimi capitoli ti svelerò segreti che nessuno ha mai osato svelarti.

7.
IL CARTELLO DELLA DROGA

Tutti gli animali sono uguali,
ma alcuni sono più uguali di altri.
(La fattoria degli animali, George Orwell)

Hai mai sentito parlare, nei film polizieschi o d'azione, del "cartello della droga"?

Un cartello della droga è un insieme di organizzazioni che costituiscono un unico sistema criminale che opera a livello internazionale e transnazionale nel campo del traffico di droga. Ecco, ora a prova a togliere la parola "droga", e sostituiscila con "bancario".

Anche le banche fanno cartello. E, negli anni, hanno provocato danni impressionanti alle persone.

In 18 anni che lavoro a stretto contatto con le banche non ho mai visto una cosa simile: moltissime banche si sono accordate, hanno fatto "cartello", sul tema delle fideiussioni, inserendo clausole illegali sulle garanzie dei prestiti.

Andiamo con ordine: per prima cosa, sai cos'è una fideiussione bancaria?

La fideiussione è il contratto mediante il quale una persona (fideiussore) garantisce, con il proprio patrimonio, l'adempimento di un'obbligazione contratta da altra persona. Questa è la più classica delle definizioni che si possono dare per la fideiussione bancaria. Si dovrà stipulare un contratto di fideiussione in differenti casi, ma lo scopo sarà sempre lo stesso: avere una garanzia per un prestito di denaro. Le polizze di fideiussione bancaria sono infatti ideate proprio per questo.

La fideiussione è una polizza assicurativa che viene stipulata a garanzia personale. Con questo contratto il fideiussore si obbliga personalmente verso il creditore di un terzo soggetto. Il creditore in questo modo si tutela ulteriormente nei confronti del proprio debitore.

La differenza con il pegno e ipoteca è grandissima, dal momento che la garanzia non è costituita su un bene specifico, ma dall'intero patrimonio di una persona, il fideiussore.

Per quanto riguarda la forma richiesta per la stipula del contratto di fideiussione, la legge non richiede requisiti formali. Tuttavia, la volontà di obbligarsi deve essere esternata dal fideiussore in modo chiaro affinché risultino evidenti i limiti e il contenuto della garanzia.

Esistono inoltre differenti tipologie di polizza di fideiussione, ma tutte sono regolamentate dall'articolo 1936 del Codice civile italiano, che recita:

È fideiussore colui che, obbligandosi personalmente verso il creditore, garantisce (promessa unilaterale) l'adempimento di un'obbligazione altrui. La fideiussione è efficace anche se il debitore non ne ha conoscenza.

La polizza di fideiussione ha come scopo quello di essere una garanzia di pagamento. Fin qui, la situazione dovrebbe essere piuttosto chiara.

La fideiussione bancaria è quel contratto che il fideiussore stipula con la banca, che si prende l'onere di pagare quanto dovuto dal fideiussore nel caso in cui costui non potesse pagare.

In parole povere, si fa garante della somma che una persona terza sta prestando. Cosa è successo, di strano e illegale, con le polizze di fideiussione? In che modo le banche hanno fatto cartello?

Nel 2005 l'ABI (Associazione Bancaria Italiana) ha predisposto una fideiussione tipo, inviandola a tutti i suoi associati (quindi le banche italiane) proponendola come modello da seguire per tutti, decantando la sicurezza e la garanzia derivata dal fatto che questa fideiussione fosse approvata dall'associazione.

Nello stesso anno, l'antitrust e Banca d'Italia hanno rilevato che le clausole contenute in quella tipologia di fideiussione non erano valide e la "bozza comune" andava eliminata, nello specifico gli articoli 2, 6 e 8 dello schema inviato dall'ABI.

Le banche, forti dell'appoggio politico, della percezione sociale, e del fatto che davvero in pochi si prendono la briga di controllare il loro operato, non hanno modificato la bozza.

Alcuni clienti, guidati da professionisti del diritto bancario, hanno contestato in sede giudiziale queste fideiussioni e nel 2017 la Corte di Cassazione ha stabilito che le fideiussioni con questi articoli sono nulle, e c'è stata una successiva Corte nel 2019 che ha rinnovato e stabilito che le fideiussioni emesse secondo lo schema ABI non erano a norma di legge. Sai cosa significa? Che quei contratti lì, oggi, sono carta straccia.

Questo è un dato incredibile, se ci pensi: abbiamo la possibilità di togliere il diritto di rivalsa alle banche che hanno fatto sottoscrivere alle persone mutui, prestiti, affidamenti, investimenti... parliamo di un giro d'affari di miliardi di euro, se calcoliamo che per un prestito di 100.000€ viene richiesta una fideiussione di 3 milioni!

Le fideiussioni possono cambiare la vita delle persone e delle aziende: se hai un contratto di questo tipo in corso, non puoi chiedere prestiti, e stai rischiando i tuoi beni personali! Togliere una fideiussione, attenendosi a ciò che è stato notificato dalla Giurisprudenza, significa alzare il proprio rating personale ed aziendale, è come togliersi un grosso perso dalla coscienza.

E allora, perché non c'è una corsa all'annullamento di

queste garanzie? Perché le persone non lo sanno.

Le banche "incriminate", anziché abbassare la testa e chiedere scusa ai propri clienti, informandoli dell'accaduto, stanno attuando un gioco perverso: chiamano i clienti, dicendo che la fideiussione è da rinnovare (e non sempre è vero) e gli fanno firmare un contratto che non è più annullabile. Perché questo tipo di illeciti e di gestione non fa notizia? Perché non se ne sente parlare al tg, sui giornali e sui social?

Questo dovrebbe essere uno scandalo, una notizia da prima pagina, sia per la gravità del fatto sia per la quantità di persone che coinvolge. In Italia però, c'è un assordante silenzio nei confronti di cose del genere.

Le tv vengono sovvenzionate dalle banche, i social sono in grado di oscurare un certo tipo di contenuti, le radio e i giornali sono collusi, la libertà di informazione e condivisione sembra essere svanita, in favore della bancocrazia, già ampiamente nominata in questo testo.

Gli "istituti bancari" (che poi istituti non sono, lo ribadisco) fanno 30.000 vittime ogni anno. I pensionati si suicidano, gli imprenditori chiudono le aziende, le famiglie si disperano...ma noi cittadini, siamo talmente abituati all'estremo che non abbiamo più la percezione della gravità di questa situazione.

Dietro le banche che sono fallite, non c'è solo il titolo del giornale o la frase indignata del politico di turno che cerca approvazione!

Ci sono famiglie, vite distrutte, esistenze senza più certezze.

Una mia conoscente, operaia senza figli, che con il suo stipendio e quello di suo marito, in 40 anni aveva messo da parte quasi 100.000€, dopo il crac di Banca Etruria, si è ritrovata con un pugno di mosche in mano. Dal giorno alla notte, senza alcun sentore e nessun preavviso.

E alla sua domanda, al funzionario della banca che era riuscita a contattare "dove sono finiti i miei risparmi?", il povero funzionario (povero diavolo, ahimè) ha risposto: "Signora i soldi non ci sono più, sono spariti. Faccia finta di aver avuto i ladri in casa." Un dipendente della banca ha paragonato l'azienda per cui lavorava, a dei criminali.

Forse allora non sono esagerato io, quando ti dico che le banche "hanno fatto cartello" e ti propongo il parallelismo che dà il titolo a questo capitolo, forse c'è qualcosa di sbagliato che dobbiamo rivedere, se non ci pensa la politica. Gli italiani però non riescono ad aiutarsi ed unirsi, è per questo che la politica riesce ad avvicinarsi alle lobby e a trascurare i beni primari delle persone.

Questo accade perché non siamo uniti, non c'è coesione, l'italiano medio fa gruppo solo davanti alla partita di calcio, mica per rivendicare i propri diritti.

Comincia qui il circolo vizioso dell'informazione: nessun cittadino se ne cura, nessuno verifica le notizie, i media sono interessati, la banca paga mazzette, la notizia vera diventa fake, e la fake news diventa notizia vera. E questo accade in un attimo, come davanti ad un mago che ti fa un trucco che non ti spieghi, in pochi secondi.

Per quello che concerne il mio lavoro, ho la cura e il buon senso di parlare per sentenze, per risultati raggiunti, concreti, che puoi toccare con mano. Eppure, le persone arrivano a non credere alle mie parole, credono che nulla sia vero. La cosa positiva, è che se sai dove cercare, le risposte le trovi anche da solo, anche sul web.

Ora che hai qualche indizio in più sulla faccenda delle fideiussioni, fai un controllo su internet, verifica ciò che ti ho detto. Dopodichè, se hai una fideiussione in corso, fattela controllare ed annullare, se possibile.

È un tuo diritto, è un nostro diritto, e se sei arrivato a questo punto è perché in te c'è la stessa sete che ho io: quella di giustizia.

Tasso Euribor

Questa è un'altra anomalia bancaria che deriva da un gravissimo illecito: alcune banche, di nuovo, hanno "fatto cartello" e si sono accordate per manipolare il tasso Euribor.

Lascia che ti racconti, con calma:

Nel 2013 l'Antitrust Ue aveva sanzionato per oltre un miliardo di euro quattro banche: Barclays, Deutsche Bank, Rbs e Société Générale.

La colpa riguardava la manipolazione illecita del tasso di riferimento del mercato interbancario europeo, l'Euribor. Le indagini andarono avanti anche per JP Morgan, Crédit Agricole e Hsbc, che inizialmente non avevano ammesso il loro coinvolgimento.

A distanza di qualche anno, però, anche questi tre istituti avrebbero pagato una multa per un totale di 485,4 milioni di euro. La Commissione Ue aveva imposto una sanzione di 337,2 milioni di euro a JP Morgan, di 114,6 milioni a Crédit Agricole e di 33,6 milioni a Hsbc.

Secondo l'Antitrust Ue, guidata all'epoca da Margrethe Vestager, le banche coinvolte si scambiavano tra di loro informazioni sensibili violando le regole europee sulla concorrenza. Tra il 2005 e il 2008, JP Morgan, Crédit Agricole e Hsbc guadagnavano sulle transazioni finanziarie avendo un accordo illegale per manipolare e influenzare le quotazioni dell'indice Euribor, che lo ricordiamo, è utilizzato, oltre che per i mutui a tasso variabile, anche per moltissimi prodotti finanziari.

Tutto questo era venuto fuori attraverso delle intercettazioni telefoniche. A seguito di questo scandalo, si è registrato un significativo incremento del contenzioso nazionale relativo ai contratti di finanziamento a tasso variabile.

Parliamo, di nuovo, di contratti per miliardi di euro: tutti i contratti mutuo dal 2005 al 2009 vengono annullati dell'interesse.

Come accertato dalla Commissione Europea, con la decisione del 4.12.13, le banche incaricate di comunicare i dati richiesti per il calcolo del tasso medio, hanno aderito ad un piano comune (hanno "fatto cartello", appunto) in base al quale hanno determinato le linee essenziali e i limiti delle reciproche azioni (o astensioni da azioni) nel mercato.

Durante il procedimento sanzionatorio della Commissione le prove raccolte hanno dimostrato che le banche hanno tenuto sul mercato una condotta attiva causalmente connessa e conseguente ad una comune concertazione, finalizzata all'alterazione dei tassi.

In concreto, la Commissione ha accertato che, attraverso chat online, telefono ed e-mail, alcuni funzionari delle banche: scambiavano preferenze per una determinata quotazione oppure informazioni dettagliate sulle quotazioni future; utilizzavano i predetti dati per allineare le proprie quotazioni nonché le loro posizioni sul mercato; scambiavano informazioni dettagliate e sensibili sul commercio e sulla strategia dei prezzi relativi ai derivati Euro; comunicavano alle altre banche la quotazione appena presentata, quando la stessa doveva rimanere segreta.

Quando si dice "l'unione fa la forza"!

Nel mio mondo ideale, sono i cittadini ad unirsi, a creare gruppi di mutuo aiuto, a sostenersi, ovviamente per cause sociali e per il bene comune.

Le banche, attuando questa sorta di "associazione a delinquere" hanno commesso un grosso illecito, un reato che, come abbiamo già detto, gli è costato caro. Ma mi sorge spontanea una domanda: perché, una volta smascherato tutto questo giro di informazioni scottanti e denaro, i cittadini non si sono uniti, non "hanno fatto cartello" (ovviamente nella migliore accezione del termine) per far valere i loro diritti e recuperare i soldi persi?

Se cerchi questa informazione sul web, ad esempio, anche siti normalmente attendibili riportano che

"resta difficile calcolare la correttezza del tasso applicato dalle banche in quanto il provvedimento di condanna della Commissione Ue non ha pubblicato i dettagli delle transazioni illegali. Non si conoscono pertanto i giorni della manipolazione, né di quanto sia stato alterato il dato (sia in rialzo o ribasso). Non è possibile quindi stimare la perdita (o il guadagno) di ciascun mutuatario.

Alcuni sostengono che i tassi dei mutui applicati in quel periodo (dal 2005 al 2008) potrebbe essere nullo, e in questo caso si dovrebbero ricalcolare i tassi con quelli sostitutivi per legge."

Eppure, amico mio, che il tasso del mutuo sia nullo, non è opinabile. Ci sono centinaia di sentenze, di battaglie che io stesso, prima di scrivere, ho portato avanti. Perché questo non fa notizia?

Non ti sembra una buona novella da condividere con la tua famiglia, con i tuoi amici, con le persone che hai a cuore? Per i giornali e le tv non sembra essere abbastanza appetibile né di interesse per il pubblico.

Francamente, credo che questa notizia non sia interessante, solo per le banche stesse. Per questo, sperando di farti piacere, condivido con te una sentenza (che puoi trovare anche online, dato che è pubblica) che conferma ciò che ti ho appena illustrato, ampliando la prospettiva (e quindi il raggio d'azione per i professionisti del diritto bancario) anche a tutte le banche che hanno attuato il Tasso Euribor, anche se non hanno partecipato alla manipolazione incriminata dalla Commissione Europea.

Con sentenza del 25 febbraio 2019 n. 48, il Giudice di Pace di Buccino ha stabilito che è nullo il tasso di mutuo variabile Euribor periodo 2005-2008 per la manipolazione rilevata e stabilita dalla Decisione UE del 04/12/2013, anche se nello specifico la banca convenuta non ha partecipato all'intesa anticoncorrenziale nel periodo (2005-2008) in cui è stata accertata la manipolazione dei tassi, ma è pur vero che la stessa ha utilizzato il tasso Euribor manipolato (come tutto il resto del mercato dei mutui a tasso variabile). Deve intendersi contrastante la determinazione del Tasso Euribor del periodo con il disposto di cui all'art. 101 TFUE dando così luogo ad una violazione dell'art. 1418 c.c.

8.

LE LOBBY DELL'IGNORANZA

La sola cosa necessaria affinché il male trionfi
è che gli uomini buoni non facciano nulla
(Edmond Burke)

Se sei arrivato fin qui, hai già qualche nozione basilare per comprendere il magico mondo delle banche. Sai già che controllano i canali d'informazione e che in pochi, sparuti professionisti si occupano con lealtà e correttezza di combattere gli illeciti e i reati che queste commettono.

Una volta, sul web, ho letto una frase che mi ha colpito, per semplicità e veridicità:

La più grande arma di distruzione di massa è l'ignoranza.

Ed è proprio l'ignoranza il nemico da combattere, non le banche!

Se vuoi vivere in questa società, rispettando le regole di

questo Paese, hai bisogno di un conto bancario. Se hai bisogno di un conto bancario, non puoi pensare di combattere le banche. Non sono loro il nemico!

Il termine "ignoranza", deriva dal greco e significa, letteralmente "mancanza di conoscenza". Se non conosci, se ignori, ecco che sei obbligato a "bere" tutte le bugie che ti propinano, se non ti informi e non sai quindi in quale direzione stai andando, ecco che vieni trascinato dalla corrente e perdi di vista la tua strada. Sul gioco dell'ignoranza, le banche hanno puntato moltissimo.

Se ogni cliente conoscesse le normative, o semplicemente leggesse quelle clausole scritte in piccolo piccolo prima di firmare qualsiasi contratto, le banche non potrebbero commettere illeciti.

Se i professionisti del diritto bancario fossero formati secondo la legge e non secondo il profitto, ecco che in molti comincerebbero a fare del bene in questo Paese, anziché essere additati come truffatori o sciacalli.

Il problema viene da lontano: come faccio io, semplice cittadino, ad essere informato su ciò che accade nel mondo economico-finanziario-bancario? Io stesso, prima di essere vittima di un abuso, non mi ero mai interessato a certi argomenti, pur essendo del settore.

Il tuo vicino di casa che fa il cassiere alla banca dietro l'angolo, ignora le dinamiche che ti ho descritto finora, si limita a svolgere il suo compito ed è convinto di essere nel giusto, perché le banche per anni hanno lavorato sul marketing e sulla percezione.

Ho una brutta notizia, per il tuo vicino di casa: le banche, anche il Credito Cooperativo del più piccolo paesino italiano, quello dove c'è il direttore gentile che offre sempre il caffè, non sono più ciò che erano in passato, anche se vantano di quella reputazione, sulla quale hanno investito per secoli.

Le banche, oggi, (la quasi totalità) sono aziende alla ricerca di profitto, a tutti i costi. Non sono aziende etiche, non tutelano il lavoro degli impiegati, non rispettano i clienti che mandano avanti la baracca: sono incentrate al guadagno, sempre e comunque, non importa in che modo arrivi ques'ultimo.

Il piano di Unicredit 2019-2023 prevede 6000 esuberi e la chiusura di 450 filiali in tutta Italia in questo periodo. Banca Intesa, oggi fusa con Ubi Banca, fino al 2026 prevede 5000 licenziamenti e (forse) 2500 assunzioni.

Che etica c'è, che moralità c'è, nel lasciare le persone a casa? Sai perché il futuro delle banche sta cambiando in maniera così repentina?

In questi ultimi due casi in particolare, e in molti altri che seguiranno nel prossimo futuro, non c'è una grossa crisi alle spalle o dei problemi economici... semplicemente, le banche, hanno compreso quanto è più facile automatizzare e sostituire le persone con le macchine.

Gli sportelli, nel futuro, saranno pochi. Moltissimi, invece, i bancomat, e le relazioni con il personale bancario avverranno perlopiù online. Questo favorisce sicuramente la velocità nella risposta, ma quanti danni fa a livello di chiarezza? E a livello sociale, cosa andranno a fare le migliaia di dipendenti licenziati, che comodi comodi nelle loro poltrone erano convinti che lavorando per una banca non avrebbero mai rischiato nulla? L'informazione sugli investimenti che stai facendo, sul mutuo che vuoi contrarre, sul prestito che hai in corso, una volta automatizzati tutti i processi, sarà ancora meno chiara e fumosa di oggi.

Il popolo italiano conosce meglio le regole del calcio che i propri diritti. Per questo mi sento in dovere di aiutarti e di dirti le cose come stanno, senza filtri.

Per questo, ora ti parlerò di un altro grande scandalo italiano, del quale probabilmente non sapevi nulla, perché i giornali ne hanno parlato in minima parte...

Gli errori dell'ufficio delle entrate e riscossione ex equitalia

Tutti noi, almeno una volta nella vita, abbiamo avuto il dispiacere di ricevere la famosa "busta verde" di quella che era Equitalia, oggi Ufficio delle Entrate e di Riscossione.

L'ex amministratore delegato di Equitalia, in commissione Bilancio al Senato, nel 2016 parlò di «cartelle pazze», io, per chiarezza, preferisco chiamarle per quelle che sono: cartelle inventate. Negli ultimi 15 anni di Equitalia, solo il 5% dei 1.058 miliardi di euro di crediti richiesti erano lavorabili.

Ma il vero e proprio scandalo era un altro: il 20,5% di quei mille e passa miliardi di euro, pari a quasi 217 miliardi, erano (e sono) inesigibili semplicemente perché i destinatari delle cartelle non li dovevano pagare. Tanto che quei crediti sono stati «annullati dagli stessi enti creditori in quanto ritenuti indebiti a seguito di provvedimenti di autotutela da parte degli stessi enti o di decisioni dell'autorità giudiziaria».

Insomma, una volta su cinque il fisco bussa alla porta dei contribuenti senza alcun motivo, e alza le mani solo quando i tartassati loro malgrado riescono a farsi giustizia passando per le carte bollate, costringendo l'amministrazione pubblica a innestare la retromarcia. Una percentuale da brividi, una pioggia di errori che hanno attentato ingiustamente alle finanze dei contribuenti. E se le statistiche ci dicono che più del 20% delle cartelle sono "farlocche", non dicono quanti contribuenti invece, ricevuta la cartella «creativa», hanno pagato senza contestare o fare ricorso, non accorgendosi, o non potendo controllare, se quella richiesta del fisco fosse o meno motivata.

Un punto che fa pensare che «d'errore» tutto sommato possa spesso finire per far fare cassa al fisco, sfilando comunque soldi - non dovuti - alle tasche dei cittadini. Quanto alle amministrazioni «distratte», quelle richieste indebite per 216,89 miliardi di euro, provengono in gran parte dall'Agenzia delle entrate (175 miliardi di euro), mentre il resto si divide tra Inps (23,3 miliardi), Inail (10 miliardi) e altre amministrazioni pubbliche (7,4). D'altra parte, se solo una cinquantina di miliardi su oltre mille di quei crediti erano «effettivamente lavorabili», è chiaro che anche il restante delle cartelle esattoriali spedite da Equitalia avesse qualche problema.

A rigor di logica, nel 2020, visto che Equitalia non esiste più, quei problemi dovrebbero essere risolti...Nulla di più sbagliato!

Con il cambio di denominazione e del passaggio da Equitalia a Ufficio dell'Entrate e Riscossione, sono stati commessi innumerevoli illeciti (dalla gestione e l'assunzione del personale alla gestione delle cartelle) e, in fondo, non è cambiato nulla: i crediti non lavorabili sono ancora lì, le persone continuano a pagare rateizzazioni non dovute, e coloro che non riescono perdono casa, beni e lavoro. Tutto ciò, ovviamente, perché le persone non conoscono, ancora una volta, i propri diritti.

Grazie a Deciba e ai risultati conseguiti, siamo riusciti ad aiutare centinaia di persone, ma la mole di lavoro sotto questo aspetto è immensa!

Ogni settimana controlliamo circa 10.000 cartelle, verifichiamo se quanto richiesto sia corretto e legittimo, se la cartella è andata in prescrizione e se ha seguito tutto l'iter legale per il calcolo degli interessi...Da questo controllo, io e il mio staff abbiamo evidenziato che più del 40% delle cartelle visionate non sono da pagare.

Un esempio? Un bollo auto non pagato ha una prescrizione di 3 anni. Se in 3 anni la tua regione non ti manda una notifica di questo mancato pagamento, dopo il quarto anno non lo devi pagare.

Peccato che questa informazione sembri un segreto di Stato, perché più del 60% delle persone che vengono a chiederci aiuto non ne è minimamente a conoscenza.

Un imprenditore o un libero professionista che ha un debito con l'Agenzia delle Entrate e della Riscossione, molto spesso si rivolge al proprio commercialista, che consiglia una rateizzazione, ma non è preparato (e in fondo, non è nemmeno il suo lavoro) al controllo della legittimità della cartella ricevuta. Bisogna rivolgersi ad un professionista del diritto tributario.

Ovviamente, se parliamo di una cartella di 200€ ha poco senso controllare, l'onorario di un professionista è più costoso. Si rivela una consulenza utilissima nel caso di più cartelle, per importi più consistenti: i nostri clienti spesso hanno debiti da 20.000€ fino a 1 milione, e quasi mai sono tutti dovuti.

Il primo passo che andiamo a fare quando vediamo questo tipo di situazioni è l'analisi preliminare, che comprende l'analisi dell'"estratto a ruolo", un documento che l'Agenzia delle Entrate e della riscossione fornisce in maniera gratuita, non è una semplice lista del debito, ma una lista precisa e dettagliata, con date e importi.

Moltissime persone non ne conoscono l'esistenza, e non sanno della possibilità (e del diritto) di richiedere questo tipo di documento, per avere maggiore chiarezza.

Dall'analisi delle cartelle e di questo estratto a ruolo,

andiamo a fare una verifica sommaria dove diciamo cosa si può contestare. Se vediamo che ci sono possibilità, informiamo il cliente di quale sgravio può usufruire. Spesso l'agenzia delle entrate e della Riscossione contesta questo lavoro ed è necessario avvalerci del nostro team legale.

Un altro diritto di cui le persone non sono a conoscenza, è la richiesta della cartella originale, cartacea. L'Agenzia delle Entrate è obbligata a fornire l'originale del contratto di debito per raccomandata, anziché in formato digitale (quasi sempre pdf editabile) come accade ogni giorno. Il problema sta nel fatto che l'Agenzia delle entrate e della Riscossione, molto spesso non riesce a fornire l'originale del contratto, e non riesce quindi a dimostrare la legittimità dell'importo dovuto. Per la legge italiana, in mancanza di contratto, il debito non esiste.

Tutti i dati e le informazioni contenute in questo libro sono dimostrabili, il 40% dei debiti sono inesigibili, e questo rappresenta un problema grave per lo Stato, perché è evidente che non è in grado di gestire questi debiti.

Lo Stato spesso richiede il pagamento di questi tributi in maniera casuale, commettendo errori di forma, volontari e involontari: la "macchina" della riscossione debiti (ex Equitalia) è talmente complessa che anche le aziende più grandi e strutturate non sono in grado di verificare se quel tributo è dovuto o meno.

In un mondo ideale, i migliori partner del nostro lavoro, davvero interessati alla questione, dovrebbero essere i consulenti e i commercialisti, ma spesso non lo sono. Andare a dire ai loro clienti che alcuni contributi non sono da pagare, ma che non hanno i mezzi per verificare al meglio, andrebbe a minare la loro credibilità, spesso i commercialisti optano per la rateizzazione del debito, come per dire "liberiamoci di questo problema così!", in fondo, non è il loro lavoro.

Questi dati derivano dalla nostra esperienza, e spesso succede che dentro questo 40% vengano fatti pignoramenti ed ipoteche giudiziarie che non dovrebbero essere fatte, se hai un debito superiore a 30.000€.

Questo comporta l'iscrizione in Centrale Rischi, un sistema informativo sull'indebitamento delle persone, di cui parleremo approfonditamente più avanti. L'iscrizione in Centrale Rischi è fonte di una serie di grossi problemi: l'impossibilità di vendere un immobile o, quando riesci a farlo, un abbattimento del valore del tuo bene, l'impossibilità di accesso al credito, revoca delle linee di credito già aperte in precedenza...

Tutto questo per pagare dei tributi che probabilmente neanche devi allo Stato... è disumano.

Questa pratica illegale danneggia 2 volte le persone, che poi devono addentrarsi nei meandri della burocrazia italiana, complicata e fumosa.

Se non sei un imprenditore, o se sei molto giovane, e pensi di non essere nella condizione di poter mai ricevere una delle maledette buste verdi, ti sbagli: le cartelle riguardano prestiti e tributi di qualsiasi tipo, da multe stradali a bolli auto di cui lo Stato non ha ricevuto il pagamento...L'Ufficio delle Entrate e della Riscossione, lo dice il nome, è un riscossore, e non ci sarebbe nulla di male nella sua esistenza, anzi.

Il problema è la metodologia utilizzata, non viene fatta nessun tipo di verifica e molto spesso arrivano cartelle non dovute. Se lo Stato vantasse un credito che è palesemente prescritto, non dovrebbe chiedere nulla al debitore, la cartella è scaduta. Eppure, ogni giorno, ne arrivano a centinaia!

È un sistema che non funziona, lo Stato chiede di tutto a tutti, poi c'è chi paga e chi no, ma coloro che decidono di non pagare senza difendersi commettono un grosso errore! La giustizia tributaria può andare avanti anche per anni, e in 6-7 anni il debito raddoppia grazie a spese istruttorie, mora, gestione…

Non parlo mai per "sentito dire", per questo ci tengo a raccontarti il caso di un nostro cliente, un imprenditore che non aveva evaso le tasse, ma che è stato vittima di un errore. Affrontiamo questo tipo di pratiche quotidianamente in Deciba, il caso che ti riporto è puramente esemplificativo, ma ritengo sia semplice abbastanza da farti capire che, per un motivo o per un altro, può capitare davvero a tutti di essere vittime di illeciti, bancari o tributari.

Claudio è proprietario di un tabacchi, ed aveva un debito "misto" con Equitalia, derivato da vecchie dichiarazioni dei redditi, multe stradali e mancati versamenti di oblazioni. Tutto questo secondo lo Stato, perché nella realtà Claudio aveva puntualmente pagato quasi tutti i crediti di cui era composto il suo estratto a ruolo.

Dico "quasi" tutti perché le multe stradali erano state prese da un veicolo di cui Claudio non era più in possesso da anni. Oltre a questo, Claudio aveva ricevuto le notifiche di mancato versamento palesemente oltre il termine della prescrizione. Insomma, un debito che ammontava a più di 50.000€, in grado di rovinare la vita di una piccola-media impresa, che per diversi motivi non era dovuto.

Trovandosi spaesato, Claudio chiede aiuto ad uno degli uffici Deciba, e il primo consiglio che riceve è di richiedere le notifiche in originale.

L'Ufficio delle Entrate e della Riscossione invia alla pec di Claudio, dei documenti pdf con le notifiche, visibilmente modificate nella data. Decidiamo quindi di fare richiesta dell'originale cartaceo, spedito con raccomandata a/r. L'Ufficio delle Entrate si rifiuta di produrre il documento, inviamo istanza ad un giudice, con la richiesta di farci avere i documenti in originale.

Il giudice accoglie la richiesta, l'Ufficio delle Entrate e della Riscossione ci svela di non essere in grado di fornirci il cedolino delle cartelle da noi richiesto. Il giudice, ovviamente, ci diede ragione: senza il documento in originale che attesta la veridicità del debito, questo non è esigibile.

Claudio, che non aveva mai ricevuto nessuna notifica di mancato pagamento, e che anzi riteneva di essere nel giusto, dopo essere stato vessato dai debiti (che non aveva mai contratto), ha finalmente trovato giustizia grazie all'operato di Deciba. E come lui, centinaia di vittime di abusi bancari e tributari.

Da esperto del settore, e da persona con uno spiccato senso di moralità e coscienza, non avrei mai potuto svolgere un lavoro diverso.

Il mio scopo, oltre quello di combattere le ingiustizie, è di divulgare la conoscenza di questo settore. Altrimenti, come molto spesso accade, le persone continueranno a farsi truffare e vessare.

Il prossimo capitolo tratta un argomento un'altra grande truffa nascosta, di cui pochi parlano.

9.

LA CESSIONE DELL'ANIMA…
O DEL QUINTO?

"Quando chi lo interrogava chiese:
'Che ne pensi del prestito del denaro?'
Catone rispose: 'E tu cosa ne pensi dell'omicidio?'."
(Cicerone)

Chi è alla ricerca di un finanziamento, avrà senz'altro sentito parlare della "cessione del quinto" come tipologia di prestito.

Cos'è e a cosa serve la cessione del quinto? La cessione del quinto è un prestito personale al consumo, a breve/medio termine, non finalizzato (cioè, non legato a un acquisto), le cui rate vengono rimborsate con la cessione di fino a un quinto dello stipendio o della pensione (20% del percepito netto).

In pratica, si stipula (a patto di presentare tutti i requisiti) un prestito con una banca per una data cifra. Questa cifra deve essere restituita in un certo numero di rate. Ebbene:

o Le rate vengono trattenute automaticamente dal datore di lavoro o dall'ente che eroga la pensione e versate alla banca;

o La rata mensile, comprensiva di interessi, non può mai superare un quinto della pensione o dello stipendio.

Coloro che possono accedere a questa forma di credito sono i dipendenti e i pensionati. La cessione del quinto può essere richiesta anche da dipendenti a tempo determinato. Questo, però, a una condizione: il piano di rientro del prestito non deve mai superare la data di termine del contratto.

Il calcolo del quinto dello stipendio è un'operazione meno complicata di quanto si possa pensare. Ecco la formula:

$$Quinto\ dello\ stipendio = \frac{Stipendio\ netto\ mensile}{5}$$

Per ricavare lo stipendio netto mensile, occorrono altre due informazioni: la paga oraria e le ore di lavoro così come definite nel contratto. E applicare un'altra semplice formula:

$$Stipendio\ netto\ mensile =$$
$$\frac{(paga\ oraria\ X\ ore\ di\ lavoro\ mensili\ X\ numero\ di\ mensilità)}{12} \quad -27\%$$

Così è possibile avere un'idea chiara di quanto si andrà a

versare mensilmente.

Nel caso di pensionati, il certificato di stipendio è sostituito da un certificato che attesti il diritto di percepire una pensione. In fase d'istruttoria, potrebbero anche essere richiesti altri documenti.

Questo, almeno, è ciò che è regolamentato sulla carta.

Andiamo poi a vedere insieme, nello specifico, quanti danni riescono a fare le banche anche in una tipologia di prestito così semplice.

Non ti stupirà sapere che questa è una tipologia di prestito tutta italiana. In Europa e nel Mondo, non esiste nulla di simile, nessun Paese ha mai pensato ad un prestito assicurato dal lavoro, che consentisse di bypassare il rating ed ottenere del denaro in maniera relativamente semplice e veloce.

Nessun Paese ci ha mai pensato, soprattutto, perché si tratta di un prestito incostituzionale in molti Paesi, che tutelano il lavoro e la dignità delle persone.

È un prestito riservato soprattutto agli statali, come insegnanti, infermieri, carabinieri, dipendenti comunali etc. Questo perché per la cessione del quinto è molto importante l'azienda per la quale si lavora. È chiaro che se lo stipendio del contraente proviene dalle casse dello Stato, c'è una garanzia in più che questo debito venga onorato nei tempi e nei modi concordati. Uno degli abusi più perpetrati su questa cessione del quinto, riguarda 20 milioni di italiani.

La legge stabilisce che dopo aver pagato il 40% delle rate del prestito, si può rinegoziare la cessione del quinto della pensione o dello stipendio.

Cosa succede, quindi? L'amica Banca, si ricorda della tua esistenza e ti dice che ti consente di fare un'ulteriore cessione su quella già fatta.

Se hai bisogno di denaro, come spesso accade, vedi questa telefonata come un'opportunità elettrizzante, un segno divino per poter, finalmente, sistemare la tua auto o comprarne una nuova, per sostituire la cucina datata, o per comprare il televisore e la lavatrice.

Piccole spese che capitano a tutti nella vita, nulla di esagerato. Accetti quindi di rinegoziare, ringrazi la Banca amica e firmi il nuovo contratto.

La Banca, che come ben sai, così "amica" non è, dovrebbe restituirti circa il 60% dei costi per cessione, ossia quelli aggiuntivi. Ovviamente, nessuna banca lo fa.

Non esiste una normativa che preveda di non farti pagare dei costi istruttori che tu hai già ampiamente pagato, ed è così che se tu non richiedi questa cifra indietro, la banca se la intasca.

1, 10, 100, 1000 clienti, questo è un affare di circa 1 miliardo di euro ogni anno.

1 miliardo di euro che le banche si intascano, ancora una volta, sulle spalle dei clienti.

Firmare una cessione del quinto è un pò come cedere la propria anima, se ci pensi: il pagamento del tuo prestito viene rilasciato direttamente dal tuo datore di lavoro, che è obbligato ad accettare di corrisponderti la busta paga detratta la rata che girerà alla finanziaria, senza che tu possa dire nulla. Il prestito, quindi, mai come in questo caso, viene pagato dal tuo sudore, dalla tua fatica, e ha il prezzo della tua dignità.

Questa tipologia di finanziamento è utilizzata per i lavoratori a tempo indeterminato e i lavoratori statali, perché difficilmente vengono licenziati e ci sono un sacco di positività legate al fatto che possono restituire questi soldi.

La media di questi finanziamenti va dai 20.000-25.000 euro, la durata è decennale e la legge prevede che decorsi i primi 4 anni tu se hai la liquidità per farlo, puoi chiudere il finanziamento in corso.

Come dicevo poche righe fa, molto spesso la banca al termine di questi 4 anni telefona per rinegoziare, ed offre altro denaro. Facciamo un esempio pratico affinchè tu possa comprendere al meglio dove e come le banche si approfittano delle persone che cedono il quinto del loro stipendio:

Marta è un'insegnante, richiede 20.000€ in cessione del quinto in 10 anni. Marta paga alla banca circa 2.000€ annui più gli interessi. Passati 4 anni dalla stipula del contratto, Marta ha già pagato 8.000€, ma ha ancora bisogno di denaro, ed accetta la rinegoziazione proposta dalla banca. La banca fa un'altra cessione del quinto, come se Marta fosse ripartita da zero.

Questo succede davvero di frequente, ma la legge è chiara: Marta deve pagare il suo finanziamento con gli interessi di cui usufruisce, quindi se decide di chiudere un finanziamento o un mutuo, e lo chiude anticipatamente, sul periodo rimanente futuro la banca deve detrarre gli interessi.

Cosa fanno le banche, in questo caso? Addebitano costi di commissione, istruttoria, assicurazione, chi più ne ha, più ne metta, al punto che su 20.000€ di prestito, circa 5.000€ sono spese accessorie.

Questi 500€/annui, dovrebbero essere restituiti se il finanziamento viene chiuso definitivamente, oppure la banca dovrebbe detrarli dai soldi che Marta deve ancora rimborsare. In più, sempre per legge, la banca dovrebbe produrre un documento che si chiama "conteggio estintivo" e sulla base di questo, deve essere calcolato il saldo estintivo, le rate e anche l'importo che dovrebbero restituire perché non goduto. In Italia, questo business di soldi mai restituiti ed acquisiti indebitamente, si aggira tra 500.000€ e un milione ogni anno.

Sono in moltissimi a non sapere queste cose, e in moltissimi si rivolgono a Deciba per fare chiarezza solo dopo aver visto la nostra pubblicità, perché non sanno neanche l'esistenza di questa possibilità.

Noi spieghiamo a tutti in maniera semplice i loro diritti, e analizziamo tantissimi contratti di dipendenti pubblici: arma, esercito, scuola... hanno tutti finanziamenti del genere.

Far conoscere alle persone questo tipo di diritto è un punto di forza. Ci sono aziende che lavorano solo su questo, ma cercano di fare un saldo e stralcio senza fare conteggi precisi. Deciba ha un software proprietario che permette di fare calcoli precisi e dettagliati. Le banche però, non sempre accettano di restituire il denaro.

In questi casi ci si rivolge all'arbitro bancario finanziario, che ha la funzione di dare un parere vincolante, il costo di richiesta di arbitraggio è di 20€ e in seguito l'arbitro si esprimerà chiedendo lumi a chi fa la contestazione e all'erogatore del servizio.

L'arbitro bancario finanziario in italia è in 3 sedi: Milano, Roma e Napoli. I tempi che passano dalla richiesta all'arbitraggio sono variabili da 3 mesi a 1 anno, ma la quasi totalità delle persone, anche tra coloro che sottoscrivono contratti, finanziamenti e investimenti, non ne conoscono neanche l'esistenza.

Tornando alla cessione dell'anima, ehm... del quinto dello stipendio, per le banche è un finanziamento appetibile e sicuro, perché è difficile che sia insolvente. Se hai a che fare con questo tipo di prestito, è bene che tu sappia che la prescrizione entro la quale puoi richiedere i tuoi soldi indietro, è decennale.

Attraverso il conteggio estintivo, è molto chiaro comprendere quello che devi alla banca. In questo conteggio, trovi nel dettaglio la cifra esatta restituita finora (di cui spesso non si ha coscienza perché detratta direttamente dalla pensione o dallo stipendio), qual è la cifra esatta ancora da restituire, a quanto ammontano gli interessi...e a proposito delle spese, puoi renderti conto se ti stanno fregando o meno: nel conteggio estintivo sono indicate chiaramente le spese istruttorie e tutti i costi aggiuntivi.

Quando le persone vengono da noi, prima di tutto, facciamo l'analisi del contratto, poi stipuliamo un accordo economico che va sulla percentuale del rimborsato. In questo modo, il team Deciba è incentivato a massimizzare la cifra del rimborso del cliente, perché insieme col rimborso, aumenta la provvigione di guadagno. Soprattutto perché le stime che facciamo per i rimborsi sono precise, non opinabili. Ed è giusto che il cliente abbia indietro ciò di cui non ha goduto.

L'importo che viene rimborsato più difficilmente è quello assicurativo, perché è la banca che stipula il contratto con l'assicurazione, la quale non restituisce indietro i soldi, perché la banca non li chiede nemmeno, pur essendo legalmente responsabile del contratto.

La cessione del quinto è molto importante sia dal punto di vista economico sia per l'accesso al credito. Per tutte le questioni legate ai finanziamenti c'è un'istruttoria, per la cessione del quinto no. L'unica garanzia che la banca valuta è il tuo datore di lavoro.

Il debito viene messo in carico al datore di lavoro, che si impegna a corrispondere queste rate fisse direttamente alla banca e non al lavoratore. Se il datore di lavoro corrisponde queste rate, ne diventa responsabile. Il datore di lavoro, quindi, prima della stipula deve accettare di essere responsabile di pagare questa quota per 120 mesi, ad esempio.

Il datore di lavoro non si può rifiutare, l'unico problema nasce dalla banca che potrebbe non accettare che il datore di lavoro sia responsabile del pagamento, perché potrebbe essere poco finanziabile, perché magari ha problemi finanziari. Per questo è molto meglio un dipendente pubblico, la possibilità che perda il posto di lavoro è remota, il datore di lavoro e garante della cessione è lo Stato.

Come avrai ormai compreso a pieno, le banche sono sempre pronte a richiedere garanzie, e quasi mai a darle. La legge, invece, tutela sia le aziende (le banche) che i consumatori. Il nostro obiettivo è semplicemente rendere il rapporto alla pari.

Tu hai bisogno delle banche, ma non scordarti che anche le banche hanno bisogno di te.

10.

IL GIRONE DEI DANNATI

Forse questo mondo è l'inferno di un altro pianeta.
(Aldous Huxley)

Ricordi i gironi dell'inferno dantesco? La Centrale Rischi è una cosa molto simile.

Esattamente come nei gironi infernali, anche in Centrale Rischi ci finisci dopo aver commesso peccati mortali: come, ad esempio, un paio di rate di un prestito pagate in ritardo.

La Centrale dei Rischi è definita da Banca d'Italia "un sistema informativo sull'indebitamento della clientela delle Banche e degli intermediari finanziari vigilati da Banca d'Italia".

In realtà, più che di un "sistema informativo" parlerei di un meccanismo perverso e punitivo, mirato all'alienazione degli individui, di fronte alla minima difficoltà.

Banca d'Italia sul suo sito comunica che che essere segnalato in Centrale Rischi non significa essere un cattivo pagatore. Tale segnalazione, infatti, significa soltanto che il soggetto interessato ha avuto una garanzia che supera i trenta mila euro da parte di un intermediario finanziario che partecipa alla Centrale dei Rischi oppure che ha un debito. Tutto giusto sulla carta, peccato solo che tale definizione non trovi adempimento nella realtà.

Una persona in difficoltà, che non ha pagato un paio di rate del finanziamento che ha stipulato, finisce in Centrale dei Rischi. Accade quotidianamente, nonostante i comunicati che Banca d'Italia rilascia, di diverso avviso.

Per questo motivo, con Deciba abbiamo presentato una denuncia in Commissione Europea.

Al termine di questo capitolo, troverai l'intero testo e la risposta che abbiamo ricevuto. Come avrai modo di vedere dai documenti che abbiamo deciso di pubblicare, la segnalazione in Centrale dei Rischi, oggi è un atto intimidatorio e che esercita pressioni di varia natura sul cliente, reo semplicemente di aver tardato qualche pagamento, magari per situazioni contingenti.

L'iscrizione a questo girone dei dannati, ti rende, di fatto, un appestato: non hai accesso al credito, ma non riesci neanche ad aprire un conto corrente, che, non dimentichiamolo, è obbligatorio nel nostro Paese per imprenditori e liberi professionisti.

Una volta iscritti in questo "sistema informativo", si è

come marchiati a vita: la cancellazione dalla Centrale Rischi è un processo burocraticamente lungo e, a seconda del debito, si possono impiegare anche 2 anni per uscirne. Anche se magari la tua situazione di "cattivo pagatore" è durata pochi mesi e poi è rientrata.

Il Parlamento Europeo, a cui abbiamo inviato richiesta di audizione, ci ha ricevuto ed ha fatto analizzare la nostra richiesta a 3 differenti commissioni.

Questo è un primo, importantissimo step, che può consentirci di cambiare il nostro Paese, di allontanarci da questi schemi vessatori e indignitosi nei confronti della gente. Ovviamente, sono dell'idea che ogni debito che si contrae vada onorato, ma è impensabile "punire" i clienti per una difficoltà momentanea!

A questo punto, dopo la denuncia presentata, il Parlamento Europea sta facendo visionare la nostra pratica ad un'ultima commissione, che si esprimerà a breve. La Centrale dei Rischi, all'attuale stato delle cose, è uno strumento debilitante per le imprese italiane, attraverso questa, le banche possono negare una semplice apertura di conto corrente, oltre che prestiti e finanziamenti, anche se ci sono i fondi sufficienti per onorare il debito che si vorrebbe contrarre.

Una ingiusta segnalazione a sofferenza in Centrale Rischi comporta un rischio molto elevato di grave pregiudizio per il cliente, sotto i vari profili già menzionati.

L'utilizzo distorto da parte delle banche della segnalazione a sofferenza in Centrale Rischi comporta la violazione di molteplici disposizioni di legge a livello nazionale ed a livello comunitario.

Più precisamente, una ingiusta segnalazione a sofferenza in Centrale Rischi da parte della banca nei confronti del cliente, comporta violazioni di vari articoli della Costituzione: dall'art. 24, all'art. 27, fino all'art. 111, nonché violazione di alcuni articoli della Carta dei diritti fondamentali dell'Unione Europea.

Nella Petizione inviata alla Commissione Europea, che ho il piacere di condividere con te, puoi trovare tutto nel dettaglio. La Centrale dei Rischi, così com'è oggi, è un girone infernale.

Noi di Deciba e tutte le persone che ci stanno appoggiando su questo fronte, stiamo cercando di cambiare le cose. La Banca dev'essere un utile strumento per il cittadino, non un seviziatore.

Da questo lavoro sulla Centrale dei Rischi, stiamo ponendo le basi per cambiare l'Italia, per prima. E sono davvero felice che tu che leggi, sei già parte di questo processo di informazione e condivisione che stiamo attuando.

ASSOCIAZIONE
D.E.C.I.BA

DIPARTIMENTO EUROPEO CONTROLLO ILLECITI BANCARI

Spett. Le **PRESIDENTE** della

COMMISSIONE PER LE PETIZIONI

European Parliament

B-1047 BRUSSELS

Parma li 02/10/2019

La presente petizione ha come finalità quella di porre all'attenzione del Parlamento Europeo la c.d. segnalazione a sofferenza in Centrale Rischi effettuata dalle banche italiane nei confronti dei soggetti "cattivi pagatori".

La Centrale Rischi, istituita da Banca d'Italia in virtù dell'art. 51 del Decreto Legislativo 385/1993 (Testo Unico Bancario), rappresenta uno strumento informativo ove le banche, previa approfondita istruttoria (in assenza tuttavia di contraddittorio), segnalano i crediti in sofferenza dei cliente che si trovano in una situazione patrimoniale deficitaria, caratterizzata da una grave e non transitoria difficoltà economica equiparabile ad una condizione di insolvenza, come richiesto dalla circolare di Banca d'Italia n. 139/1991.

In Italia, secondo ormai consolidata prassi, le banche stanno utilizzando in modo illegittimo ed indiscriminato lo strumento della segnalazione a sofferenza in Centrale Rischi anche nei confronti di quei clienti che si trovano in uno stato di mero inadempimento (situazione ben diversa dallo stato di insolvenza) dovuto a circostanze contingenti.

Tale consolidata prassi ha di fatto svuotato la segnalazione della precipua finalità informativa, facendo divenire la stessa un vero e proprio strumento di pressione e/o coercizione a carico del cliente, comportante per lo stesso un danno grave ed irreparabile sotto il profilo della vita privata, sociale ed economica.

Una ingiusta segnalazione a sofferenza in Centrale Rischi comporta infatti un rischio molto elevato di grave pregiudizio per il cliente, sia sotto il profilo di revoca degli affidamenti già concessi da altre banche, sia sotto il profilo di preclusione alla concessione di nuovi finanziamenti, sia sotto il profilo di preclusione alla semplice apertura di un conto corrente, quest'ultimo peraltro obbligatorio in Italia per persone giuridiche e persone fisiche aventi partita IVA (imprenditori e liberi professionisti).

*****

L'utilizzo distorto da parte delle banche della segnalazione a sofferenza in Centrale Rischi comporta la violazione di molteplici disposizioni di legge a livello nazionale ed a livello comunitario.

Più precisamente, una ingiusta segnalazione a sofferenza in Centrale Rischi da parte della banca nei confronti del cliente, comporta:

1) la violazione del principio del contraddittorio e del diritto di difesa (art. 24 Costituzione italiana) il quale esprime una elementare esigenza di giustizia, per la quale nessuno può essere costretto a subire gli effetti negativi di una sentenza o di un provvedimento senza avere avuto la possibilità di partecipare al relativo procedimento per far valere le proprie ragioni;

2) la violazione del principio del giusto processo (art. 111 Costituzione italiana) e del principio di non colpevolezza (art. 27 Costituzione italiana), atteso che una illegittima segnalazione a sofferenza in Centrale Rischi rappresenta a tutti gli effetti una sentenza negativa per il soggetto

Associazione D.E.C.I.BA - Dipartimento Europeo Controllo Illeciti Bancari
Via C. Bondi 1 - 43123 PARMA - deciba@legalmail.it

112

che la subisce, in quanto comporta a carico del soggetto segnalato un danno grave e spesso irreparabile, rendendo notevolmente più difficile (se non impossibile) l'accesso al credito bancario, ovvero determinando la revoca di crediti eventualmente già concessi;

3) la violazione dell'art. 8 della Carta dei diritti fondamentali dell'Unione Europea, il quale non si limita a sancire il diritto alla protezione dei dati personali, ma enuncia anche i valori fondamentali associati a tale diritto, stabilendo che il trattamento dei dati personali deve avvenire secondo il principio di lealtà, per finalità determinate e in base al consenso della persona interessata o su un fondamento legittimo previsto dalla legge; una illegittima segnalazione in sofferenza marchia negativamente il soggetto segnalato nel contesto sociale ed economico e viola il diritto alla sua vita privata che comprende situazioni di natura intima, informazioni sensibili o riservate, informazioni che potrebbero pregiudicare la percezione del pubblico nei confronti di un individuo e perfino aspetti della vita professionale e del comportamento pubblico di una persona;

4) la violazione dell'art. 14 Divieto di discriminazione della Convenzione CEDU a mente del quale il godimento dei diritto e delle libertà riconosciuti nella predetta Convenzione debba essere assicurato senza nessuna discriminazione, in particolare quelle fondate sul sesso, la razza, il colore, la lingua, la religione, le opinioni politiche o quelle di altro genere, l'origine nazionale o sociale, l'appartenenza a una minoranza nazionale, la ricchezza, la nascita od ogni altra condizione, la condizione economica del cittadino, ancorché difficile, non può essere il pretesto, in presenza di meri inadempimenti, per potere effettuare segnalazioni in Centrale Rischi.
Tale segnalazione costituisce per il cittadino segnalato un provvedimento definitivo, equiparabile ad una vera e propria sentenza, senza possibilità di impugnazione e/o contraddittorio, costituendo altresì una vera e propria discriminazione dello stesso fondata sulla sua condizione economico-finanziaria.

Alla luce di quanto argomentato, si chiede all'Ill.ma Commissione di prendere gli opportuni provvedimenti in relazione al comportamento tenuto dalle banche attraverso l'indiscriminato ed illegittimo utilizzo della segnalazione a sofferenza in

Associazione D.E.C.I.BA - Dipartimento Europeo Controllo Illeciti Bancari
Via C. Bondi 1 - 43123 PARMA - deciba@legalmail.it

113

Centrale Rischi dei clienti, con i gravi (e spesso irreparabili) danni subiti dal soggetto ingiustamente segnalato.

Si richiede di essere invitati a partecipare attivamente alla discussione nella riunione della Commissione per meglio esporre la gravità della problematica e proporre soluzioni migliorative e risolutive al problema

Associazione **D.E.C.I.BA**
STEFANO NICOLETTI
VicePresidente

11.

BLOODS DIAMONDS

I diamanti che valgono di più
Si dice, sono quelli passati per le mani di molti gioiellieri.
(John Webster)

I diamanti "insanguinati" non sono quelli del film con Leonardo Di Caprio. Non parliamo di paesi esotici e lontani, né di una storia che non ci tocca da vicino.

Ciò che è successo in Italia con i diamanti, è di una gravità inenarrabile, ed io, umile consulente e comunicatore, mi sto facendo carico del peso di una storia che ha dell'incredibile.

Quando ho iniziato questo libro, ho preso la decisione di dirti TUTTO, senza filtri e senza giri di parole, facendo nomi e cognomi, parlando di società esistenti, senza parafrasare. Perché la verità è un tuo diritto, il sapere è un tuo diritto, difenderti con tutte le armi che hai a disposizione contro gli abusi e le truffe, è un tuo diritto.

La parola "truffa" ha un significato ben preciso: "*Reato ai danni del patrimonio altrui eseguito mediante falsificazioni o raggiri, allo scopo di trarne profitto.*"

È utilizzabile, quindi, per ogni azienda o persona che compie un reato ai danni del patrimonio. Solo che quando si parla di banche, questa definizione non viene mai utilizzata.

Quella che ti sto per raccontare, è una truffa bella e buona. Perpetrata ai danni di cittadini che si fidavano delle banche, che avevano riposto la loro fiducia nell'"istituzione", che avrebbe dovuto tutelarli e consigliarli.

Questo modo di agire e di effettuare le consulenze, è stata la leva che mi ha allontanato per sempre dalla vendita di prodotti bancari. La logica del mero profitto, senza aver cura dei danni singoli e collaterali, che va ad arrecare alle persone, è una dinamica che mi dà il vomito.

Tutti, nessuno escluso, devono guadagnare. È così che funziona la società e l'economia. Ma c'è una differenza abissale tra il guadagnare onestamente, offrendo un prodotto e/o un servizio, e il guadagnare sulla pelle, sul sudore, sul sangue delle persone.

Ecco perché "diamanti insanguinati". Ed ecco perché è mio dovere parlarti di questo scandalo, per non farlo accadere mai più, per far sì che tu, ma anche i tuoi cari e le persone che ti circondano, sappiate "mettervi in guardia" e scegliere al meglio con chi avere a che fare, e come difendervi per tutte le situazioni già in essere.

La storia sui diamanti "sporchi di sangue" è una delle più allucinanti che ho sentito nella mia carriera lavorativa, perché è una truffa basata sulla fiducia che le persone hanno riposto nella banca, fiducia erroneamente riposta.

Ma è anche, a livello di percezione, la situazione più chiara per comprendere quanto certe immagini ben salde nella testa delle persone, siano solo immagini, che non corrispondono alla realtà.

Pensa ad un diamante: a cosa lo associ? Di solito è il primo sinonimo di ricchezza ed eternità, complice anche un famoso spot di gioielli che recitava "un diamante è per sempre". Questa immagine qui, di sicurezza, ricchezza ed eternità, insieme con quella delle banche, le istituzioni che fanno il bene delle persone, che non truffano, che non tolgono soldi ma fanno di tutto per fartene guadagnare di più...hanno fatto sì che le persone venissero letteralmente "derubate" del loro denaro.

È iniziato tutto con questi risparmiatori, che qualche anno fa si sono rivolti alle loro banche di fiducia per avere dei consigli sugli investimenti da fare, avendo loro un gruzzolo di risparmi che volevano far fruttare.

I consulenti, direttamente nella filiale della banca, hanno proposto l'acquisto di centinaia di pietre preziose, nello specifico diamanti, millantando l'alta redditività di quell'investimento sicuro.

Tra i vari clienti, nelle filiali delle banche di tutta Italia, c'è chi aveva investito 19.000€, chi 12.000€, chi addirittura

130.000€... Per un giro d'affari complessivo di oltre un miliardo di euro.

Parliamo del 2009, ed oggi, quelle persone stanno ancora cercando di recuperare i soldi.

"Diversifica gli investimenti, punta sulle pietre", questo era il consiglio che centinaia di consulenti in tutta Italia, in diverse banche, hanno dato ai loro clienti.

"Il diamante è il principale bene rifugio!"

E così, dipinto come un bene rifugio la cui quotazione non subisce oscillazioni, anzi *"è destinata ad aumentare a causa del progressivo calo della produzione"* moltissime persone sono cadute nella trappola.

Trappola ben organizzata, che seguiva uno schema preciso: il consulente mostrava l'andamento del mercato dell'oro, altalenante, e mostrava quello dei diamanti, sempre positivo. Facevano leva sulla tranquillità data da un investimento dal guadagno basso, ma sicuro e costante.

Peccato che i dati mostrati non fossero reali! Ma facciamo un passo indietro, capirai perché i dati erano viziati, e come hanno fatto le banche, in combutta con le società di diamanti, a fregare così tante persone.

Le società che vengono diamanti alle banche, in Italia, erano soprattutto 2: Intermarket Diamond Business e DPI: Diamond Private Investment, che insieme controllavano il 70% delle compravendite.

Queste due società, acquistando degli spazi "publiredazionali" (quindi sostanzialmente pubblicitari) all'interno dei giornali più autorevoli del settore economico-finanziario (Il sole 24 ore, più di tutti) pubblicavano dati faziosi e andamenti degli investimenti completamente inventati, spacciandoli per dati reali, la cui fonte era chiaramente affidabile e verificata.

Immaginati la scena: vai in banca, ti propongono di acquistare dei diamanti, ti mostrano delle stime per cui il prezzo è ottimo, lo dice anche il Sole 24 ore, che fai, non li acquisti? A livello percettivo, le banche hanno giocato moltissimo. Dopo la rapida occhiata iniziale, però, se si andava a leggere meglio la pagina del giornale, non era impossibile evincere che si trattasse di una pubblicità studiata, che nulla aveva a che fare con la redazione del giornale.

Nel frattempo, il mercato dei diamanti in Italia subiva un'impennata senza precedenti: nel 2015, arriva a 230 milioni annui, registrando un incremento del 78% rispetto al 2013.

Ma come hanno fatto le prime vittime ad accorgersi della truffa? Sono andate semplicemente a far valutare le pietre acquistate, stavolta però presso delle gioiellerie e presso esperti di gemme, non in banca. La cliente che aveva investito più di 130.000€, da due differenti specialisti, si sentì dire che i suoi diamanti valevano poco meno di 40.000€.

Ma come si fa a valutare un diamante? Cos'è che fissa il suo prezzo sul mercato? Vari fattori, contrassegnati da diverse sigle. Per prima cosa, il peso del diamante in carati. Poi viene valutata la purezza, il colore e il taglio. Parliamo di una procedura standardizzata, diffusa in tutto il mondo, che lascia ben poco spazio all'errore: esiste anche un listino internazionale, di cui le banche non hanno tenuto conto, che riporta prezzi anche 4 volte inferiori rispetto a quelli adottati dai consulenti finanziari. Grazie all'autorità dei giornali utilizzati come esempio, citati come garanzia di certezza e trasparenza, le persone si sono fidate.

(Ci tengo a chiarire che in questa terribile storia i giornali non hanno avuto alcuna colpa, se non quella di vendere spazi pubblicitari nelle proprie pagine, come fanno da sempre. Chiarirlo era fondamentale!)

Dopo qualche anno di truffe indisturbate, la CONSOB e l'Antitrust hanno cominciato a farsi qualche domanda. La Consob, Commissione nazionale per le società e la Borsa è l'ente rivolto alla tutela degli investitori, all'efficienza, alla trasparenza e allo sviluppo del mercato mobiliare italiano.

Interrogata su questo tema, la Consob ha parlato di un normalissimo andamento nell'investimento dei diamanti: a volte su, a volte giù, come qualsiasi altro prodotto borsistico. L'Antitrust, o meglio, l'Autorità Garante della Concorrenza e del Mercato (in acronimo AGCM) ha dichiarato che le banche hanno usato informazioni omissive e ingannevoli sui prezzi, sull'andamento del mercato, sulla redditività dell'acquisto e sulla certezza del disinvestimento. AGCM ha multato sia le società di diamanti che le banche, per più di 15 milioni di euro. Le banche hanno pagato le sanzioni, una delle imprese ha prestato una fideiussione.

Pensandoci bene... per un affare da un miliardo di euro,

pagare 15 milioni di sanzione, può essere un problema? Non credo!

Quello che è davvero importante, è che le banche, oggi, non possono più vendere diamanti. In realtà neanche all'inizio potevano proporre quel tipo di investimento, per legge, le banche non possono proporre prodotti assicurativi o altro, solo prodotti finanziari. Quando si parla di derivati (prodotti assicurativi che vanno a garantire la copertura del tasso), anche quelli sono prodotti illegali, perché venduti da qualcuno che non li poteva vendere.

Il discorso dei diamanti è stata una modalità di investimento che le banche hanno cavalcato anche non avendo valutazioni certe, e hanno agito con la volontà di compiere un illecito.

Le banche, che in sede di consulenza dicevano di non avere alcun interesse nel proporre i diamanti, in realtà prendevano commissioni del 10-20%.

Recuperare quei soldi è complicato, ma non impossibile. Alcuni correntisti sono riusciti nell'intento, ad altri la banca ha rimborsato i soldi pur di non perdere la faccia, altri ancora stanno ancora aspettando.

Ti rendi conto, adesso, del valore della percezione? Una truffa del genere, attuata solo dalle società di commercio di diamanti, non avrebbe avuto lo stesso "successo", se così si può definire.

La banca ha fatto da "garante" a livello di immagine, le persone hanno riposto la propria fiducia, prima che nel prodotto, nell'istituzione che glielo stava proponendo, nel consulente "amico" della banca "amica" che non farebbe mai cose fuori dalla legge. Una volta eliminata questa percezione fasulla, una volta viste le banche per quelle che realmente sono, tutto il discorso avrebbe avuto un esito diverso.

Questi diamanti, in parte ancora in giro per l'Italia perché i clienti non sono riusciti a rivenderli, (visto il prezzo svantaggioso a cui li hanno acquistati), sono sporchi del sangue, del sudore, della fatica di tutti i correntisti che hanno onestamente lavorato per mettere da parte i soldi con cui li hanno acquistati.

Sono sporchi della fiducia tradita, delle menzogne, delle lacrime versate dalle famiglie di tutta Italia. Per questo era importante fare luce e fornire dettagli su tutta questa tremenda storia e sulla realtà delle banche, perché sia da monito.

12.
ANGELI E SCIACALLI

Uno sciacallo fa lo stesso verso del lupo,
ma rimane uno sciacallo.
(Detto degli Indiani nativi di America)

I professionisti del diritto bancario, si dividono in queste due categorie: angeli e sciacalli. Come in ogni tragedia o problema che si rispetti, ci sono coloro che offrono il proprio aiuto e risolvono la situazione, i cosiddetti "angeli" e coloro che, vestiti da angeli, in realtà si cibano delle carcasse.

Ti parlo di queste due figure per un duplice motivo: perché tu possa riconoscerle e perché tu possa sempre decidere con chi avere a che fare. Iniziamo parlando degli sciacalli, da questa dettagliata definizione, probabilmente, saprai come tenerli alla larga dalla tua vita e dalle tue cose.

Gli sciacalli hanno diverse forme: possono essere avvocati, commercialisti, imprenditori, professionisti apparentemente di grande livello, magari con auto meravigliose, uffici di 1000 mq in centro città, sponsorizzati da brand importanti e pubblicità in tv... sono all'apparenza amichevoli, amano conversare, sanno stare in mezzo alle persone e hanno una discreta dialettica.

Fai attenzione! Lo sciacallo è come il diavolo: cambia veste e maschera, è il lupo con la faccia d'agnello.

Il diritto bancario è un business gigantesco, pari a quello che le banche rubano, basti pensare a tutti i mutui illeciti, alle fideiussioni, ai contratti non validi, alle banche fallite o messe in liquidazione... gli argomenti sono davvero tanti! In questo marasma ci dovrebbero essere degli strumenti di difesa: enti governativi che non fanno nulla, associazioni che arrivano in ritardo, professionisti che di "professionale" non hanno niente oltre il titolo di studio…

Questo ha compromesso il risultato a livello nazionale: in moltissimi si sono presentati in tribunale con perizie che non valevano niente, o con cause basate sul nulla. Questo perché nel migliore dei casi c'era un professionista incapace, come può essere un avvocato non specializzato che però fa questo per "campare", oppure commercialisti che fanno perizie "econometriche" ma prendono accordi segreti con le società, oppure ancora il venditore di fumo di turno che promette un sacco di soldi e si fa pagare in anticipo.

Credo sia inutile dirti come fanno a finire queste storie, vero?

Il problema principale è che non si ha sempre la chiara percezione se il professionista sia veramente competente, in questo campo è fondamentale basarsi sui risultati. Gli sciacalli portano nei tribunali italiani una serie di sentenze che hanno esito negativo che vanno a creare precedenti negativi anche per chi svolge bene il proprio lavoro. Quando leggi una sentenza non leggi le perizie, leggi solo la sentenza. Questo accade perché è un grande business.

Ci sono degli sciacalli che intentano cause fasulle e fanno perizie fasulle. Le persone non hanno la percezione del diritto bancario come qualcosa di altamente performante o di appannaggio esclusivo degli specialisti, pensano sia tutto facile e veloce e che non richieda chissà quali grandi competenze.

Questo deriva da una percezione sbagliata del professionista del diritto bancario. Ora voglio farti una domanda: Immagina di aver bisogno di un'operazione chirurgica importante, andresti mai da un famoso chirurgo, che ha il compito di salvarti la vita, dicendo "ti do 25mila euro solo se mi salvi la vita"?

Ovviamente no, pagheresti l'operazione e fine.

Non è molto diverso dal professionista del diritto bancario: il chirurgo non ha la matematica certezza di salvarti la vita, ha studiato questo ramo per molti anni, è un esperto del settore, va comunque pagato e devi fidarti della sua esperienza e delle sue competenze, se vuoi avere a che fare con lui.

Nel campo di Deciba, ci sono tantissime società che vanno a provvigioni, ti mettono in piedi tutto (consulenze, perizie e cause) "a gratis", giusto per sperimentare il diritto bancario sulla pelle di qualcuno, per vedere come va, se è un business che funziona.

Qualcuno una volta mi ha detto una frase che non ho più dimenticato:

"quando qualcosa è gratis, il prodotto sei tu."

Con queste società di sciacalli, se va tutto bene, loro prendono una bella percentuale, se va male, devi pagare le spese legali.

Lascia che ti dica una grande verità, che ti sarà sempre utile, in ogni campo: **non esistono nel mondo, professionisti di alto livello che non devi pagare.**

Volendo parlare per immagini (è il modo più funzionale per ricordare qualcosa a qualcuno), questi sciacalli millantano di venderti una Ferrari a 2000€, tanta gente si incuriosisce e la compra, per poi scoprire che sotto la scocca c'è una bicicletta. Credo di aver reso bene l'idea, così.

Nel tempo sono nate e morte moltissime società del diritto bancario. Ci sono società che promettono di toglierti debiti dal nulla, puff! dall'oggi al domani nessun debito, altre che sarebbero in grado di sparire l'iscrizione in Centrale dei

Rischi in meno di 2 giorni, maghi con la sfera che ti dicono che non pagherai nulla...tutto quel filone di venditori di fumo che vanno sulla quantità, vendono milioni di illusioni e poi spariscono.

E fanno bene a sparire: si fanno pagare 400€ a consulenza e lavorano sulla quantità, per 1000 clienti hanno un business di tutto rispetto e poi via, verso un altro settore dove ci sono polli da spennare. Questi sono gli sciacalli/serpenti: capita che a volte rinascano, semplicemente facendo un cambio pelle.

Tantissima gente, ancora oggi, non sa distinguere lo sciacallo dalla sua nemesi, l'angelo. Perché se rimani scottato da uno sciacallo è molto facile, in seguito, fare di tutta l'erba un fascio...per questo è necessario che ti parli degli angeli, chi sono e cosa fanno.

Chi sono gli angeli?

Gli angeli sono tutti quei professionisti che passano ore e ore in ufficio a studiare. Sono quelli che si informano ed aggiornano costantemente, che risolvono problemi, che si rinchiudono come topi da biblioteca tra i libri, e di solito hanno molta attenzione mediatica in meno degli sciacalli.

Il loro scopo unico non è guadagnare soldi, sono uno strano tipo di nerd, che lavorano con passione e non vengono riconosciuti dalla società, fanno il bene di quest'ultima, la fanno girare, ma in pochi sanno della loro esistenza.

Questa è la storia di molti uomini importanti e rivoluzionari. È difficile individuarli, il parametro per farlo è basarsi sui dettagli, riconoscerli e chiedere di vedere i loro risultati.

Non hanno l'ufficio di 1000 mq né il macchinone, perché di solito non gli interessa, hanno voglia di cambiare il mondo e questa meravigliosa nazione.

"Gli uomini che hanno rovinato il mondo, avevano la giacca e la cravatta, non i tatuaggi"

Da questa frase, forse, riesci a capire la distinzione primaria tra "buoni" e "cattivi", tra "etici" e "immorali", tra "angeli" e "sciacalli".

Gli angeli studiano, soprattutto lavorano mossi da una passione, dalla voglia di fare la cosa giusta, dalla ricerca di un modo per poter risolvere i problemi. Essere angelo è uno stile di vita, non solo nel lavoro, è fare la cosa giusta perché è giusto farla.

L'angelo crede nella legge, la studia con passione, l'angelo studia anche nozioni che non appartengono all'università o ad una scuola specifica, compie un lavoro interdisciplinare difficile da comprendere fino in fondo.

L'angelo contestualizza, aiutato dal buon senso, ha una mente matematica, vive esperienze molto forti, dentro di sé è guidato da moralità e giustizia.

L'angelo è un supereroe.

Vuole fare a tutti i costi la cosa giusta. Ed è questa la principale differenza tra l'angelo e lo sciacallo: **l'intenzione**.

L'intenzione di aiutare le persone è tipica dell'angelo, quella di aiutare solo sé stesso è quella propria dello sciacallo.

Nel mio lavoro, ho visto persone piangere e perdere la casa. Ma ho visto anche persone piangere per una vittoria, ho ricevuto ringraziamenti per aver "salvato" la vita di una persona o di un'azienda, anch'essa, ovviamente, costituita da persone. Fare l'angelo ti rende un supereroe, ma spesso vivi nell'ombra.

I giornali non hanno interesse a riportare notizie, dati e risultati positivi. Cercano la notizia, lo scandalo, la sofferenza, per cercare di attirare l'attenzione dei lettori.

Personalmente, sono stato in Rai, Mediaset, La7, sul web sono ovunque le mie testimonianze in tv: 5-10 minuti di intervento, e solo per quelli che erano casi eclatanti.

Il Signor Nessuno, che è riuscito qualche giorno fa, ad ottenere risultati grazie a Deciba, che ha ottenuto la cancellazione in Crif, che è riuscito a salvare la sua casa, il suo lavoro e, indirettamente, la sua famiglia, non fa notizia.

Per questo l'angelo vive nell'ombra. Un vero angelo non vuole essere acclamato, il suo obiettivo principale è contribuire alla creazione di un equilibrio tra le banche e chi le controlla, perché oggi questo equilibrio non esiste.

Vuoi riconoscere un angelo da uno sciacallo, senza incappare in errori di valutazione?

Lo sciacallo è quella persona che non ti pone problemi e ti dà soluzioni semplici e realizzabili senza dubbio, utilizza frasi come "non preoccuparti" "sei in una botte di ferro"....

e alla fine della consulenza ti chiede anche pochi soldi. Il 99% degli sciacalli utilizza questo "script" (ahimè, è una procedura collaudata da centinaia di pseudo professionisti) è sempre sorridente, non fa obiezioni, sembra essere la persona più disponibile di questa Terra.

L'angelo, invece, è quella persona che ti evidenzia le possibilità, le problematiche del tuo caso e i professionisti che ti servono per ottenere un risultato, spesso è poco "commerciale", è serio, ma non è un venditore. Ti elenca problemi e soluzioni, a differenza dello sciacallo, e si presenta in maniera diversa: è meno commerciale e generalmente chiede più soldi, perché ha coscienza di quanto sia il budget necessario per risolvere con professionalità un determinato problema.

Lo sciacallo ha uffici importanti, ha pubblicità molto più potenti, si presenta molto meglio.

Lo sciacallo ha più soldi, ha un ufficio marketing, cura la sua immagine pubblica in ogni dettaglio. Questo perché è più facile far credere di essere bravi che essere bravi.

L'essere "bravo" significa perdere, sacrificarsi, studiare. La differenza tra "bene" e "male", "bravo" e "cattivo", non è nella percezione ma nella sostanza: l'angelo riceve le accuse dello sciacallo, soffre e non è pronto. Lo sciacallo invece, le offese le ha già messe in conto, è pronto a riceverle e se le fa scivolare addosso, in virtù del profitto personale che riceverà o che ha già ricevuto.

Quello che percepiscono le persone è un messaggio simile, la differenza sembra essere solo nel prezzo. Se ci si prendesse il tempo per conoscerli ed analizzarli entrambi, angelo e sciacallo, sarebbe diverso. L'angelo è più empatico, ci tiene ad entrare nel mondo della persona che ha davanti.

Uno dei miei obiettivi più grandi, con questo testo, è quello di farti riconoscere chiaramente un angelo da uno sciacallo, per proteggerti.

E se ti riconosci nella descrizione dell'angelo, scrivimi pure una mail a **info@deciba.it**, valuteremo insieme delle possibili collaborazioni.

13.

LE SOLUZIONI

Non esistono problemi; ci sono soltanto soluzioni.
Lo spirito dell'uomo crea il problema dopo.
Vede problemi dappertutto.
(A.Gide)

Sono felice tu sia arrivato a questo punto.

Dopo aver affrontato scandali, imparato a riconoscere un professionista da un millantatore, dopo aver raccontato storie inenarrabili e conosciuto dettagli di un mondo "sommerso" come quello della gestione pratiche bancarie, è il momento per te, anzi per noi, di affrontare alcune soluzioni.

Il concetto che volevo passarti, durante tutto questo testo, è che le banche non sono "cattive", ma non sono neanche amiche.

Sono aziende.

Aziende fatte da persone, che possono comportarsi bene o male. Per utilizzare una terminologia che ormai avrai imparato a conoscere, anche all'interno delle banche, ci sono dipendenti e manager "angeli" e dipendenti e manager "sciacalli". Non è intelligente fare di tutta l'erba un fascio.

Ci sono poi direttive aziendali da rispettare, e lì c'è la componente umana: se ci sono direttive che non fanno il bene delle persone, il collaboratore può prendere diverse strade.

Tu che conosci la mia storia, sai che io ho scelto la strada giusta, mi sono rimboccato le maniche e ho iniziato un percorso diverso, perché era completamente fuori dalla mia indole ragionare solo in termini di profitto e fregarmene di cosa stavo facendo alle persone. Libero arbitrio! È meraviglioso, il libero arbitrio. Ogni persona ha la facoltà di scegliere gli scopi del proprio agire e pensare, tipicamente perseguiti tramite volontà, la sua possibilità di scelta, ha origine nella persona stessa e non in forze esterne. Se tu che mi stai leggendo, sei coinvolto in un lavoro da "sciacalli", hai ancora possibilità di scegliere una strada diversa, per te e per le persone che ti stanno accanto.

Ognuno di noi, ogni giorno, compie migliaia di scelte, e alcune possono essere sbagliate.

Per questo, almeno nel campo che mi compete, vorrei darti una serie di consigli, su come investire il tuo denaro in banca, quale tasso scegliere in caso tu debba accendere un mutuo, come barcamenarti in questo mercato, alla luce delle informazioni e nozioni acquisite finora.

Investimenti in banca

L'italiano medio, anche grazie ai comportamenti tenuti dalle banche negli ultimi anni, non investe. Lascia i suoi risparmi sul conto corrente, comodi comodi, a fare la muffa senza pensare di moltiplicarli e anzi, correndo il rischio che quei soldi un giorno spariscano per il fallimento della banca scelta.

Di 4.287 miliardi di ricchezza finanziaria posseduta dalle famiglie italiane, ben 1.371 miliardi sono parcheggiati sui conti correnti. Non si incassano interessi, non si spende, non si investe. Secondo l'Abi nel 2018, i depositi della clientela residente sono aumentati di 32 miliardi rispetto al 2017. Negli anni 2005-2006 il «polmone» di liquidità dei privati rappresentava il 23% del totale, nel 2009 è salito al 29%, oggi siamo al 32%. Lo stesso discorso vale per le imprese. A fine 2018, fra titoli immediatamente convertibili e contante, tenevano immobilizzati circa 340 miliardi, oltre il 20% del Prodotto interno lordo, raggiungendo il livello più elevato degli ultimi venti anni.

Quella piccola percentuale di persone che invece decidono di fare investimenti in banca, non conosce gli assetti del proprio investimento, metti una firma qui e una firma lì, e si fida di ciò che gli viene detto dal consulente. Questo coinvolge circa 30.000 "vittime", perché non c'è una cultura dell'investimento, come abbiamo visto quando abbiamo parlato di diamanti, le persone ripongono la propria fiducia nella banca senza informarsi, neanche quando le nozioni da apprendere sono poche e relativamente semplici. Una tra tutte, che più del 60% degli italiani non conosce, è la differenza tra "risparmio" e "investimento".

Quale è la differenza tra risparmio ed investimento?

In economia, il risparmio è la quota del reddito di persone, imprese o istituzioni che non viene spesa nel periodo in cui il reddito è percepito, ma è accantonato per essere speso in un momento futuro. Il risparmio è dunque un sacrificio del consumo presente, in vista di un maggiore consumo futuro. La differenza tra risparmio ed investimento è che in quest'ultimo, necessariamente, è presente un elemento di rischio.

Senza scendere troppo nel dettaglio, c'è subito una caratteristica pratica che balza all'occhio: il risparmio è importante nelle fasi di volatilità dei mercati. È in quel momento che tutti vorrebbero fare investimenti sicuri visto che gli investimenti più a rischio non hanno più lo stesso appeal che invece vantano nelle fasi di quiete dei mercati. Un'altra differenza sostanziale riguarda l'intervallo di tempo. Il primo, ossia il risparmio, è tipico del breve periodo, mentre gli investimenti fanno soprattutto riferimento a lungo termine. Questa differenza ne implica una seconda: investire nel breve termine presenta dei rischi, mentre risparmiare nel lungo periodo significa esporsi al rischio inflazione e quindi perdere le potenzialità del proprio capitale.

Se si vogliono investire i propri soldi, consiglio di investire su situazioni che si conoscono. L'ultima novità arrivata dal Giappone che costruisce macchine volanti, la crypto valuta americana che ha regalato milioni di dollari al Signor Pincopallino, non sono esempi virtuosi di investimenti da fare con il proprio denaro. Consiglio, prima di tutto, prudenza. E di affidarsi alla professionalità di un consulente competente, mentre ci si informa tramite canali alternativi sulle situazioni proposte.

Come si fanno gli investimenti?

Prima di darti un consiglio, voglio farti una domanda: perché dovresti investire in qualcosa che non conosci? Perché qualcuno ti deve dire come investire i tuoi soldi e fartene fare di più? il guadagno della banca (e quindi del consulente) è sulle commissioni, che tu faccia un investimento fruttuoso o perda tutti i tuoi risparmi, per loro è la stessa cosa.

Conosci il prodotto su cui stai per investire? Conosci chi te lo vende? Molto spesso, alla domanda: "Scusi, che cosa ho comprato?" il tuo consulente bancario non sa rispondere. Perché in realtà non è focalizzato sul tuo progetto e sul tuo futuro, è indottrinato dalla banca a guadagnare quante più provvigioni possibile, non importa come e con cosa.

Anni fa, quando ero io che erogavo le consulenze, mi informavo sui prodotti che proponevo, proprio per questo, oggi, faccio questo mestiere.

Ho fatto risparmiare un sacco di soldi alle persone, ma anche lì, a un certo punto avevo pochi mandati perché lavoravo a favore del cliente, della gente, non delle banche e delle società di investimento. Non ero ben visto dalla banca. I migliori consulenti, ancora oggi, sono quelli esterni alla banca, i plurimandatari, che hanno una visione dei prodotti più completa e il loro scopo non è quello di far rimanere un cliente sempre "fedele" alla stessa banca.

Il consulente finanziario dà consigli finanziari, anche su start up e investimenti immobiliari, prodotti diversi da quelli bancari, perché è un consulente e vuole fare il tuo bene, non è un agente di banca che fa i suoi interessi.

Non confondiamo, di nuovo, "risparmio" e "investimento". Risparmiare vuol dire spendere meno di quello che guadagni. Investire è dare i soldi a qualcuno e fare in modo che questi fruttino. Esistono 3 livelli di investimento: quello a basso rischio, dove si guadagna poco o nulla, medio rischio, dove guadagni qualche soldino, ma puoi anche perderlo, alto rischio, dove la possibilità di guadagnare è altissima, ma è pari a quella di perdere quegli stessi soldi.

Non esiste un investimento dove rischi poco e guadagni tanto, tutti quei "professionisti" (sciacalli) che te lo dicono, ti stanno prendendo in giro!

A meno che tu non conosca qualcuno che ha accesso ad informazioni strettamente riservate...In quel caso, segui pure i suoi consigli! Ma capisci bene che non sempre è una pratica legale, e sono in pochissimi a poter fornire questo tipo di consulenza.

I titoli di Stato

I titoli di Stato sono obbligazioni emesse periodicamente con lo scopo di finanziare il debito pubblico e avere il denaro sufficiente a svolgere le sue attività. Lo Stato si rivolge a chi ha dei risparmi per farseli prestare dietro il pagamento di interessi e restituendo il capitale ad una data certa. Questi, ovviamente, si reggono sul sistema, non sulla politica. La Costituzione italiana e il sistema dell'acquisizione dei titoli di Stato sono volutamente pieni di burocrazia.

Un'amministrazione e una gestione burocratica, sono pedanti, lo ammetto anch'io. Ma il rovescio della medaglia è che siamo estremamente tutelati in questo modo. Ovviamente, se la rispettiamo. Se, fogli alla mano, ci atteniamo alla Costituzione, al Testo Unico Bancario, ai regolamenti. Questo previene le "interpretazioni" che comunque arrivano dai politici. Se sei informato, se il tuo riferimento sono i testi ufficiali, puoi facilmente renderti conto della grande differenza tra il diritto e le parole del 90% dei politici.

Quando un politico parla, sembra legge. Quando una banca parla, sembra legge. Attenzione alle interpretazioni. È davvero facile essere tratti in inganno, se non c'è la conoscenza dettagliata dell'argomento.

Una stima recentemente fatta parla di oltre 150 miliardi di contanti in giro. Sai cosa vuol dire? che la gente non si fida del sistema e delle banche. E fa bene! Aggiungerei io.

Ricordi la storia dell'obbligo dell'apertura di un conto in banca per aprire un'attività commerciale? Oltre agli spiacevoli effetti di questa decisione, come dicevamo prima non tutti hanno l'accesso alla banca, non tutti sono clienti benvenuti, se hanno una storia debitoria alle spalle. Oggi ci obbligano ad essere soggetti a continue pubblicità, continue richieste da parte di un'azienda commerciale, non di un'istituzione. Questi abusi ovviamente stridono con l'idea di un mercato libero e di un Paese democratico.

I dati finora analizzati ci dicono solo una cosa: **la banca non è un posto sicuro.**

Possiamo decidere di utilizzarle come mezzo, ma dobbiamo rimanere coscienti che non sono la possibilità tanto agognata di realizzare sogni, guadagnare con i risparmi, acquisire oggetti di valore o immobili. Investire in banca, poi, è come decidere di aggiustarsi un ginocchio da soli, dopo che si è rotto. Se non si hanno le nozioni e non ci si fa aiutare da un professionista del settore, si finisce per fare peggio della situazione iniziale, il ginocchio non guarisce mica.

Quei pochi che ce l'hanno fatta da soli, avevano le stesse probabilità di vincere al superenalotto dopo aver giocato la prima schedina. Chi ha messo soldi in banca sa perfettamente di cosa sto parlando, e del modo perverso in cui la gente continua a metterci soldi.

Prima di portare i soldi in qualche investimento, bisogna andare da un professionista esterno alla banca che in base al budget e alla tipologia di investimento, ci dirà in che modo agire per raggiungere il nostro obiettivo. Che è un obiettivo, non un sogno. Se vuoi i sogni, vai in banca e la banca ti venderà sogni. Le banche vendono sogni, non vendono verità, fanno marketing.

L'importanza del Sapere

La conoscenza è un discorso generale, che non riguarda solo gli investimenti. Mi chiedo: perché devi fare un lavoro o una scelta, senza sapere ciò che andrai a fare? Non è logico né razionale. I soldi sono il sudore di una vita, il metro di misurazione del lavoro che hai svolto per anni, sai quante persone li hanno "buttati" perché non sapevano cosa stavano facendo, dove lo stavano facendo e con chi?!?

La maggior parte delle persone che hanno perso denaro in questo modo, non vengono aiutate. Quando sei un prodotto mediatico, una storia triste da portare ai giornali o in tv, diventi un caso. Per 10 minuti, anche 20, la durata del servizio, dopodiché si dimenticano di te e di quello che stai passando, sei finito! Il mio consiglio, in questo caso? Cerca il miglior professionista del campo che ti interessa, e pagalo profumatamente. Perché le cose di valore si pagano, e lo sai anche tu. Vale per tutto. Le persone devono acculturarsi su questo punto, l'italiano tende sempre a ricercare l'affare: la parola magica *"gratis"* è la parola più usata nel marketing. E qui ritorna la massima che mi ha aiutato tante volte nella mia vita: *quando qualcosa è gratis, il prodotto sei tu*.

So che è forte pensarci, ma voglio smuovere la tua consapevolezza. Molte volte ho scelto cose "gratis" ma l'ho scelto consapevolmente. Sapevo esattamente cosa stavo andando a fare, avevo raccolto le informazioni necessarie, e l'ho deciso liberamente, senza illusioni. Quando ricevi la consulenza gratuita dal direttore di banca, ti sta fregando. Un vero professionista per incontrarti e passare un'ora insieme, ti chiede almeno 500€. Perché una persona che lavora in banca e guadagna 1500€ al mese dovrebbe e potrebbe insegnare a te come investire i tuoi risparmi? Dov'è la logica? Riflettici un attimo, a mente fredda: quali interessi sta facendo?

Che tasso scelgo?

Passiamo adesso ad un argomento che riguarda milioni di persone: il tasso di interesse nei mutui e nei finanziamenti. I miei sono consigli dati dalla mia lunga esperienza con le banche, dal lavoro di consulenza e dagli studi che, per il mio lavoro attuale, ho dovuto approfondire.

Ne parliamo perché, come ti avevo promesso, ho intenzione di risolvere alcuni tuoi dubbi, e questa è una delle domande che mi vengono fatte più spesso in ufficio, durante i miei interventi ai convegni e sui miei canali social.

Il tasso applicato al finanziamento rappresenta un elemento essenziale da tenere in considerazione prima della richiesta, poiché determina l'onerosità del mutuo, ovvero l'importo aggiuntivo che il mutuatario dovrà corrispondere alla banca: in altre parole, è il costo del capitale prestato dalla banca al cliente. Esistono vari tipi di tasso d'interesse, ma la distinzione principale riguarda il tasso fisso e il tasso variabile. Il primo è calcolato sulla base dell'Eurirs (Euro Interest Rate Swap) e il secondo sulla base dell'Euribor (Euro Interbank Offered Rate), i due parametri di riferimento a cui le banche aggiungono lo spread (cioè la loro percentuale di guadagno reale sul costo del denaro) per il calcolo del tasso vero e proprio.

L'Eurirs, detto anche IRS (Interest Rate Swap), è il tasso interbancario di riferimento per le banche, e il suo valore è pari alla media delle quotazioni applicate ai contratti swap dalle principali banche operanti nell'Unione europea e sotto il controllo della Federazione bancaria europea (FBE). È la stessa Federazione bancaria europea che diffonde giornalmente le quotazioni dell'Eurirs.

Se sei arrivato a questo punto, dovresti già sapere cos'è l'Euribor, che è il tasso variabile calcolato e pubblicato giornalmente dall'agenzia Reuters, la quale raccoglie i dati da un panel di oltre 50 banche, quelle con il maggior volume di affari nell'area euro, e provvede a calcolarne la media arrotondata al terzo decimale, dopo aver scartato il 15% dei valori più alti e più bassi. Questa storia del tasso variabile, la definisco, ironicamente, la "trovata del secolo": si tratta di una pratica perversa, che è un po' come giocare al casinò. Oggi ti dice bene, domani ti dice male, chi può dirlo?

Il mercato può scendere o salire, un giorno paghi 500€ e l'altro 900€, quando scegli un tasso variabile stai facendo un investimento su un sottostante economico che non conosci, e parliamo di debiti, debiti che tu stesso stai per contrarre. Anche in questo caso, non converrebbe contattare uno specialista, che non è legato a nessuna banca, che ti faccia una consulenza specifica sul tuo caso?

Dal punto di vista della teoria economica il tasso fisso e variabile tendono a produrre a lungo termine lo stesso costo, ma nella pratica le cose non sono andate proprio così. Dall'avvento dell'euro, infatti, l'Euribor a tre mesi è stato per la maggior parte del tempo inferiore all'Irs a 30 anni (tranne nel periodo 2007-2009).

Quando i tassi a breve sono bassi (o addirittura negativi), l'Euribor è particolarmente appetibile. Ma attenzione, nel caso si scegliesse il tasso variabile: un rialzo anche modesto dell'inflazione (fissata al 2% come obiettivo da raggiungere dalla Banca centrale europea) potrebbe fare salire anche di molto la rata dei mutui "legati" all'Euribor. L'inflazione è dunque il principale elemento da monitorare per capire l'andamento del tasso a breve termine in Europa. A sua volta il "carovita", è fatto sostanzialmente di due costi: materie prime e lavoro. Gli andamenti di questi due parametri (in crescita o in calo), dunque, faranno capire se l'inflazione potrà aumentare oppure no.

Possono sembrarti nozioni puramente tecniche, queste, ma sono cose che dovrebbero interessarti nel momento in cui decidi di comprare un'immobile, ristrutturare casa, o più in generale richiedere denaro alle banche.

Saldo stralcio

I motivi per cui la rata del mutuo, che al momento della sottoscrizione risultava magari perfettamente sostenibile, diventa ad un certo punto proibitiva possono essere molteplici: perdita del lavoro da parte di un mutuatario, mutamenti nello scenario familiare, decessi o malattie possono pregiudicare la capacità di una famiglia di continuare a rimborsare il finanziamento con regolarità. In questo caso, e in assenza di praticabilità di strade alternative, si può tentare di trovare un accordo con la banca.

L'opzione saldo e stralcio, in particolare, consente di fissare una cifra da saldare in un'unica soluzione (o in poche rate), estinguendo con essa l'intero debito ed evitando così il pignoramento dell'immobile. La cifra concordata solitamente è inferiore alla metà dell'importo residuo dovuto dal mutuatario: la banca a certe condizioni potrebbe preferire perdere il 60% di quanto esigibile piuttosto che intraprendere le vie legali e segnalare il mutuatario come cattivo pagatore.

Quando è possibile, quindi, l'opzione saldo e stralcio? Sicuramente quando l'interesse del mutuatario incontra quello della banca. I parametri della banca sono infatti una condizione imprescindibile da prendere in considerazione quando si decide di tentare questa via. Se l'istituto non trovasse sufficienti garanzie nell'accettare un patto col debitore, potrebbe comunque preferire appropriarsi dell'immobile, cosa che può accadere automaticamente dopo la settima rata non rimborsata. Altra circostanza che deve necessariamente verificarsi (che potrebbe essere la più difficoltosa) è l'avere liquidità sufficiente ad estinguere il 40% del debito residuo con la banca in un'unica rata.

Come richiedere questa opzione? Nella domanda presentata dal cliente, che va inviata per raccomandata con ricevuta di ritorno, occorre indicare la somma che si è in grado di rimborsare e il metodo di pagamento che si vuole utilizzare. Va da sé che queste due specifiche vanno fatte tenendo nel maggior conto possibile l'interesse della banca, che va convinta a concedere la riduzione. In questo senso si possono magari sottolineare, nella richiesta, le condizioni che potrebbero rendere più conveniente lo stralcio del debito rispetto al pignoramento, come la difficoltà della vendita all'asta dell'immobile sottostante il mutuo. In caso la banca non accetti le prime condizioni, ad ogni modo, è sempre bene avere dei "piani di riserva", condizioni più gravose da proporre ma tollerabili in casi estremi. Si può presentare la domanda avvalendosi di professionisti o di associazioni dei consumatori, che possono aiutare ad appianare difficoltà formali o far valere il proprio peso, oppure presentare privatamente la propria lettera di richiesta in cui esporre quanto sopra.

Se un accordo non fosse possibile, si potrebbero tentare strade alternative, come la richiesta di sospensione del mutuo (ovvero della sua quota capitale), la rinegoziazione o la sostituzione del contratto con uno a condizioni più favorevoli per il cliente.

Nell'immaginario comune sembra una pratica molto semplice, in realtà è una soluzione complicata, se viene fatta in autonomia. Il saldo stralcio è una manovra finanziaria che si può fare, ma deve essere fatta da professionisti altrimenti si rischia di pagare e di non risolvere il problema! C'è il rischio di rimanere comunque registrati in Centrale dei Rischi, quindi seppur nessuno ti rincorre chiedendoti del denaro, sei comunque mal visto dalle banche, perché vengono a sapere che hai chiuso un accordo in sofferenza. Per questo è preferibile fare una chiusura a "saldo" non "saldo stralcio".

È importante chiedere a professionisti, perché finire nelle mani sbagliate può provocare danni incalcolabili, presenti e futuri.

Un dato confortante, è che il 90% dei piccoli e medi debiti viene recuperato nel giro di 120 mesi. Quelli che non vengono recuperati sono i grandi debiti, che sono quelli che fanno scoppiare le banche. Un piccolo imprenditore, che si muove con gli strumenti che ha, fa progetti più grandi per il futuro, non predispone un fallimento o una truffa, a differenza delle grandi società che fanno buchi di 1 milione di euro, come successe in Italia con grandi gruppi imprenditoriali italiani.

In questo caso, chi è che ci rimette? Lo Stato, i cittadini, e i piccoli e medi imprenditori che comunque non vengono perdonati. Le piccole e medie imprese, se sbagliano, non vengono perdonate. Chi è iscritto in Crif, ossia in Centrale Rischi, non può aprire un conto corrente, una persona che ha avuto un protesto, è un maledetto. Gli altri, quelli che rubano davvero, vanno in politica. Bella l'Italia, eh?!?

E adesso?

Con questo capitolo, spero di averti fornito delle "armi" utili a controllare e migliorare la tua situazione familiare, e soprattutto, a comprendere meglio ciò che accade intorno a te.

Come abbiamo visto insieme, lo strumento migliore per difendersi dalle banche rimane la conoscenza, che puoi acquisire tu stesso o "acquistare" rivolgendoti a specialisti che valuteranno il tuo caso in particolare.

La legge è sempre dalla parte del cittadino, abbiamo una meravigliosa Costituzione che ci invidiano da ogni parte del mondo, viviamo nel Paese con più ricchezze culturali, biologiche, climatiche, architettoniche che si siano mai viste!

Siamo fortunati. Fortunati ad essere Italiani.

Ed è per questo che non dobbiamo vergognarci, non dobbiamo abbassare la testa e piangere quando le cose vanno storte, quando la politica non ascolta, quando le tasse da pagare sono sempre di più...Siamo creativi, siamo artisti, siamo discendenti dai maggiori cervelli mai esistiti!

Applichiamo la Giurisprudenza ma restiamo pronti a lottare per le cose che non vanno, studiamo per essere i più bravi, per fare le cose GIUSTE, per il bene dei nostri figli e di quelli degli altri. È proprio questo che fanno gli Angeli.

Ed è nostro compito agire con comportamenti virtuosi, che siano d'esempio, io svolgo il mio lavoro con passione, basandosi sui risultati ottenuti da me in prima persona come "cliente" di me stesso, impugno le sentenze che ci hanno dato ragione, difendo la libertà dell'individuo e del popolo.

Credimi, se ti dico che non sono un eroe.

Che applicando i suggerimenti che ti ho scritto, puoi diventarlo anche tu. Hai letto la mia storia personale, hai visto chi sono, da dove vengo. Di "speciale" e diverso dagli altri, ho solo la voglia di fare la cosa giusta, che è la stessa voglia che spero di aver instillato in te, amico lettore.

Confucio disse: *"Chi non cambia, è solo il saggio più elevato o lo sciocco più ignorante"*.

Printed by Amazon Italia Logistica S.r.l.
Torrazza Piemonte (TO), Italy

58717549R10089